ミルククラウンのゆううつ
「――――……っ!?」
声もなく、わなないた腕を引かれ、
濡れた身体の倒れ込んだ先はあの、
先ほど見たひとりには広すぎるようなベッドの上。
「なにすっ……」
「………じゃあ、いいんだな?」

ミルククラウンのゆううつ

崎谷はるひ

12774

角川ルビー文庫

目次

口絵・本文イラスト／高久尚子

その夏は、まったく冗談《じょうだん》のような暑さだった。

「うあっつう……」

うんざりと舌を出さんばかりの勢いで呻《うめ》いた雪下希《ゆきしたのぞむ》は、そっと制服のタイを緩《ゆる》めた。バイト先であるジャズバーの入り口は路面沿いで、排気《はいき》ガスと共に立ち上る噎《む》せるような熱気に耐《た》えかね、ぐったりと肩《かた》が落ちる。

たかが立て看板を設置し終えただけで疲労感《ひろうかん》が襲《おそ》って、ため息が出てしまうのも、この異様な暑さのせいに他《ほか》ならない。

天気予報では連日のように『気象観測史上最高』と謳《うた》われる各地の陽気とその被害状況《ひがいじょうきょう》、そして熱波に襲われた地方への注意警報が暑苦しい映像付きで流れている有様だ。

ヒートアイランド現象と呼ばれる、都会特有の息苦しくうだるような熱が、アスファルトの上にゆらゆらと陽炎《かげろう》を立たせている。

炎天下《えんてんか》の中たたずめば、熱気にうわんと周囲の空間が歪《ゆが》むように感じるほどだ。しかもそれが夜になってもおさまらないのだから、まったくたまったものではない。

希が看板を出し終えた店の外装は、素っ気ないほどシンプルな、コンクリート打ちっ放しのビルだ。

地下から引っ張り上げてきた小さなスタンド式のそれ以外は、なんのインフォメーションも看板もない。

ドア脇《わき》の電源ソケットを繋《つな》げば、浮《う》かび上がるのは「3・14」と手書き風の文字。店名はこれで「パイ」と読む。

変わった名前のその店は、外観の素っ気なさからも知れるように、知る人ぞ知るといった、趣味《しゅみ》のいい大人のための空間だ。

夜間営業がメインのため、本来なら未成年で高校生の希が勤められるようなものではない。

「終わった？　希」

「設置は完了《かんりょう》です」

入り口の奥、地下階段の踊《おど》り場からやんわりと声をかけてきたのは、この店のフロアチーフである雪下玲二《れいじ》。希によく似た面差《おもざ》しの、やわらかな長い髪《かみ》が印象的な彼は希の叔父《おじ》だ。

彼の口利《くちき》きによって、希はこの店に大学生との触《ふ》れ込みで、アルバイトに入っている。

とはいえいい加減半年以上も経《た》てば、実のところ年齢《ねんれい》他も、正直ばればれだ。だが、店内のバイト仲間などは、あえてその件には触れてこない。

建前はともあれ、今時騒《さわ》ぎ立てるほどの話でもない。まして店長に次いで権限のあるチーフの甥《おい》ともなれば、雇《やと》われ従業員たちが口を挟《はさ》む道理ではないと思っているようだった。

「じゃ、悪いけど下降りてきて」

「はーい」

玲二の声に返事をし、軽く手招かれるままに、希は額の汗《あせ》を軽く拭《ぬぐ》ってきびすを返した。

看板を設置したすぐ側《そば》、スチール製の重いドアを開けると、地下に下りる階段がある。地下一階のキャッシャー兼《けん》受付のカウンターには、常時二、三人の店員が詰《つ》めている。

オーナー自慢《じまん》のバーカウンターはイギリスから取り寄せたアンティークで、百年前のバーそのままをまるごと移築したものだという。どっしりした造りのそれを尻目《しりめ》にフロアを横切り、希はさらに地下二階への螺旋《らせん》階段を下りた。

そこには、セッティングによってライブステージにも、軽食とアルコールの為《ため》の客席にもなる広い空間がある。そこから天井《てんじょう》までが吹《ふ》き抜《ぬ》けになって、バーカウンターのあるフロアからもライブが観《み》られる造りになっている。

横浜《よこはま》の繁華街《はんかがい》から少し外れたあたりと、立地条件もまずまず。客のほとんどは口コミか、ライブを行うミュージシャン目当てでやってくるのみだが、そこそこ繁盛《はんじょう》はしているようだ。

「今日はナイトライブでオールだから、頑張《がんば》って」

「わかってます」

玲二に軽く背中を叩《たた》かれ、薄《うす》く笑《え》んだ希は軽く首を振《ふ》り、頭にこもった暑苦しい空気を逃《に》がした。これくらいでばてているようでは今日一日勤まらない。

月に半分は通常営業、残り半分はジャズメインのライブステージがあるこの店は、ほぼ毎日のようにテーブルセッティングが変わる。そのため店員の顔ぶれは厨房《ちゅうぼう》を除けば、重労働のこなせる二十歳前後の若い男子が多かった。

ウェイターの希を含《ふく》むアルバイトの連中は、その最大の労働力というわけで、看板設置の後には重い木製のテーブルや椅子《いす》の荷運びが待っている。そうして客が入った後には、むろんウェイターとしての作業があるわけだ。

今日のセッティングはライブ用のもので、希が階下の準備設営組に混ざると、前方にあるステージではミュージシャンのスタッフが機材などを運び込み、音のチェックを行っていた。

「希、おつー。すんげえ汗だな」

声をかけてきた塚本孝《つかもとたかし》はアルバイトの同期で、いかにも遊んでいる大学生風の割に、こまめで人がいい。華奢《きゃしゃ》な希を弟分と思っているらしく、なにくれと気遣《きづか》ってくれる。

「おつかれ……って、まだこれからだろ?」

気の早いねぎらいに苦笑《くしょう》しつつも、じわじわと滲《にじ》んだ汗が空調に冷やされて、夏仕立ての制服が冷たく感じた。

希の小作りで整った顔立ちには、ミルクがかった甘い白さがある。体質なのだろう、まだ成長期の最中《さなか》にある少年特有のほっそりとした指先まで一年を通して日に焼けない。透明感《とうめいかん》のある肌《はだ》は、息苦しいような夏の夜気に少しばかり火照《ほて》りを帯び、それが希のいささか冷たくさえ感じる顔立ちに、幼い甘さとやわらかい印象を与《あた》えている。

かすかに染まった希の頬《ほお》を、同期のバイト青年は感嘆《かんたん》を交えて眺《なが》めた。

「つーか、希でも汗かくんだ」

「……………なにそれ」

はたはたと手のひらで顔を扇《あお》いでいれば、感心したように呟《つぶや》いたのは新入りの上総一意《かずさいちい》だ。反応しづらい言葉に、希はなんともつかない顔になる。先日やめた鈴木《すずき》の代わりにと入った彼は塚本より少し年上ではあるが、軽さの点ではどっこいかもしれない。

「かくよそりゃ、人間だもの」

「だってなんつうか……似合わないじゃん」

なあ、と上総に同意を求められた塚本まで頷《うなず》いて、希はうっそりと眉《まゆ》を顰《ひそ》める。

「……ふたりとも、なに言ってんだか」

口ごもりつつ、下手な否定や謙遜《けんそん》ができないのは、しょっちゅう言われることだからだ。自意識過剰《かじょう》になりたくはないのだが、希の容姿は本人望むと望まざるとに拘《かかわ》らず、人目を引かずにはいられないらしい。

億劫《おっくう》そうに大きな二重《ふたえ》の瞼《まぶた》を瞬《しばたた》かせると、ふっさりとした睫毛《まつげ》がその影《かげ》を濃《こ》く落とした。小ぶりな唇《くちびる》に繊細《せんさい》な作りの鼻梁《びりょう》と、整いすぎて人形めいた顔立ちは白く、漆黒《しっこく》で艶《つや》のある清潔な髪とのコントラストで、夜目にもうっすらと明るく映る。

口べたなのも愛想《あいそ》がないのも、単純に世慣れず人見知りなだけなのに、どうにも遊び慣れてクールな印象を持たれてしまうのは、決して望んだ事態ではない。

「俺って、そんなに人間味ない……？」

「あ、いやそういうんでないいんだけど」

なんだか少しばかり複雑になって問えば、慌《あわ》てたように塚本が手を振ってくる。希の顰めた眉に浮かぶ剣呑《けんのん》な気配は、隙《すき》なく整っているだけに、本人が自覚する以上に迫力《はくりょく》がある。

「悪かった、そういう意味じゃないよ」

「………いいけど………」

フォローの言葉を探しあぐねる塚本に苦笑してみせて、希は話を切り上げた。どっちに転んでも、自分の顔立ちについてのあれこれを言い募《つの》られるのはわかっていたからだ。

(なんだかなあ……)

それでも、店長をはじめ美形揃《ぞろ》いのこの店では、とりたてて騒がれることが少ない方なのだ。

3・14では、採用の際に面接で容姿を見ると言われるほど見栄《みば》えがよく、長身のものが多い。揶揄《やゆ》を向ける塚本と上総にしたところで、町中を歩けば充分《じゅうぶん》に目を引く顔立ちだ。

それはギャルソンスタイルの制服のせいもあるのだろうとか、オーナーの美意識の問題であるとか言われているが、実際のところは定《さだ》かではない。

身長ばかりが伸《の》びたような華奢な希の、すらりとした身体《からだ》にも、定番のギャルソンエプロンが巻かれている。いまだ不安定な骨格にその制服を纏《まと》うと、ほっそりとした腰《こし》が余計に際《きわ》だつようで、希は少し気にしている。

それは、希の恋人《こいびと》である人物が「女の子並だ」などと言ってくれたせいでもあるのだが――。

(………考えるな、もう)

その人物の顔を思い出した途端《とたん》に、希の表情からすっと色が消えていく。恥《は》ずかしい記憶《きおく》を思い出しかけたところで、その時期の不安定さと共に、今ここにはいない男への靄《もや》いだ感情が蘇《よみがえ》りそうになったからだ。

そして間の悪いことに、唇を噛《か》んで物思いを払《はら》おうとする希を、上総の声が追いかける。

「なんかなー。希っちってスカウトとかされねえ？」

「……はい？」

びりっと、その瞬間《しゅんかん》希の背中が尖《とが》る。

しかし、邪気《じゃき》のない上総は不幸にも気づけなかったらしく、さらに言葉を続けてしまった。

「なにそれ……？」

「いやほら、ありそうじゃん、アイドルとかー」

「……アイドル？」

その単語に対して、冷ややかに笑んだ希の瞳《ひとみ》の奥に気づけば、おそらく上総はそのまま口を噤《つぐ》んだだろう。

振り返った希の表情は、能面のように色がない。しかしこれも普段《ふだん》から乏《とぼ》しい表情のせいで、さしたる変化とは受け取られなかったようだ。

内心の苛立《いらだ》ちを押し殺し、希は鼻先で笑ってみせるほかにない。

「なに、言ってんだか……」

これもよくある質問だ。正直好ましくはないが慣れてしまったそれに、あるわけないだろうと冷たく薄く笑って、希は視線を逸《そ》らす。

「雪下チーフの顔もそうだけど、希んちってみんな美形一家なん？　すげえよく似てるしさ」

どうにか話題を打ち切ろうと思ったのに、自分の発言にひとり頷く上総は、悪気なく言葉を続けてしまう。そうして、床掃除《ゆかそうじ》のモップの先を見据《みす》えた希の瞳は、どこまでも険しく歪《ゆが》んでいく。

「……そうかな」

普段ならば快活に響《ひび》く、上総の通りのよい声がひどく癇《かん》に障《さわ》った。いらいらとするような感覚を持て余し、希の手元ではモップがまるで床《ゆか》を叩くように躍《おど》っている。

「だよー。なんかそれこそ、叔父《おじ》と甥《おい》ってより、兄弟みたいな――……」

「上総！」

「え、……？」

どこまでも続くようなそれに耐《た》えきれず、強い声を出すと、びくりと上総が目を丸くする。

（しまった）

きつすぎたと思っても既《すで》に遅《おそ》く、また波だった気持ちを堪《こら》えきれないまま、希はできるだけ平静を装《よそお》い、低く平坦《へいたん》な声を出した。

「――……バカ言ってないで、手動かしなよ」

気を遣《つか》っても声音《こわね》の尖った鋭《するど》さは隠《かく》しきれず、一刀両断された上総は、なにか地雷《じらい》を踏《ふ》んだようだと青くなる。

普段の希からしても数倍冷たいようなその態度に、人のいい青年は困惑《こんわく》を浮《う》かべていた。

「え、あの……の、希？」

「仕事。でしょ」

くだらないと言いたげに、呆《あき》れたように吐息《といき》して背中を向けると、大抵《たいてい》の人間はあしらえることを、経験上希は知っていた。

（……やだな、こんなの）

話題をすり替《か》えるためとはいえ、そんな自分の態度もやはり好ましくはない。追ってこない上総が呆然《ぼうぜん》としているのもわかって、嫌《いや》な気持ちになった。

「希、ちょっと」

静かに自己嫌悪《けんお》に見舞《みま》われて、力なく嘆息しやや猫背《ねこぜ》気味になった希の薄《うす》い背中に、快活な声がかかった。

「はい？」

希を手招いたのは、この店のオーナー店長である東埜《ひがしのぎ》義一《いち》だ。

店の中で唯一《ゆいいつ》、制服ではなくスーツを纏《まと》っている彼が、その衣服のせいだけでなく非常に目立つのは、すっきりとした二枚目顔と、飛《と》び抜《ぬ》けた長身のせいでもある。

その手にはクリップボードに留めたシフト表があり、なんとなく言われることが予想できた希は、作り慣れた無表情を顔に貼《は》り付かせた。

「おまえこれ……来月までシフト満杯《まんぱい》だけど、大丈夫《だいじょうぶ》なのか？」

案の定、心配顔を隠さずに問いかけてきた義一に、用意しておいた答えをそのまま口にする。

「ええ、そのつもりですけど」

この七月後半から八月いっぱい、定休日以外のほぼ全日をアルバイトで埋《う》めたのは希の意志だ。本来シフト担当を請《う》け負うチーフである叔父の玲二にも、その件は了承《りょうしょう》してもらっている。

「なにか問題ありますか？　学校も夏休みだし、別に部活はやってないし、毎日オールでもかまわないです」

すっきりと爽《さわ》やかな男前の顔をした店長は、その淡々《たんたん》とした言葉に凜々《りり》しい眉を寄せた。

「――……や、別に問題はないんだけどな……」

義一は非常に背が高い。希もそこそこの長身であるのだが、それでも首を曲げるようにして見上げるほどだ。三十代前半の彼は、肩幅《かたはば》も広く身体に厚みがあるもので、余計に大柄《おおがら》に見える。

その背の高さが、ある男のことを思い出させれば、希はその小作りできれいな顔立ちをむっつりと歪めるほかにない。

「なあ、希、その……」

希は身長こそ小柄ではないが、成長途中《とちゅう》の少年らしく、義一の身体を半分ほどの体積にしたような華奢《きゃしゃ》さだ。しかし、その細い身体からはただならぬオーラが漂《ただよ》い、目の前の大柄な男を口ごもらせる。

「なに、義一っちゃん。シフト表はぼくが管理してるんだからいいでしょう」

「あっ、てめ」

あからさまに不機嫌《ふきげん》顔の希を持て余した義一が頭を掻《か》いていれば、背後からすらりとした指がシフト表を取り上げる。

行きなさい、と軽く顎《あご》をしゃくった玲二に目顔で礼を告げ、希はこれ幸いにと「失礼します」と口早に言うなり、くるりと背を翻《ひるがえ》した。

「あーちょっ、希って……」

おいおい、と吐息する義一に礼を欠いたことは申し訳なく思いつつも、これ以上平静を保てる自信が希にはなかった。

義一の気遣わしげな視線の意味を知るだけに、そのまま対峙《たいじ》していれば、いらぬ愚痴《ぐち》まで聞かせてしまいそうだったからだ。

「……の、希っち、なんか不機嫌？」

「べつに」

モップを片手にテーブルセッティングの面子《メンツ》に混じれば、上総が怖々《こわごわ》とこちらを窺《うかが》ってくる。なんでもない、と言いかけてそちらを振《ふ》り仰《あお》げば、言葉と裏腹の表情に彼は顔を引きつらせただけだった。その微妙《びみょう》な表情にも、希の神経はまたささくれてしまう。

（なんだよ……）

普段はおとなしく穏和《おんわ》な希が静かに切れている状態は、３・１４の内部で密《ひそ》かな恐怖《きょうふ》を生んでいた。

もともとが人形めいた小ぎれいな顔立ちだけに、無表情になると異様に迫力《はくりょく》が出てしまうのだが、そのことについて希はさほど自覚がない。

「そ、そういえばさあ、今月あれだよな、ライブに来ないな、あの、たか――」

とりなそうとしたのか、人のいい塚本が言葉を紡《つむ》ごうとして、しかし黙《だま》り込んだままの希からさらに膨《ふく》れあがった不機嫌のオーラに、ふつりと言葉を途切《とぎ》れさせる。

「お、俺、厨房《ちゆうぼう》見てくる……」

「あっ、俺は事務所の片づけでも……」

そうして、触《さわ》らぬ神に祟《たた》りなしとでもいう風情《ふぜい》で、そそくさとふたりは希から離《はな》れていった。

「なんだよ、もう、みんなして……っ」

ざかざかと床にモップをかけながら、希は小さな声でぶつくさと零《こぼ》す。糖分の入った飲み物でも零れたのだろう、ワックスのかかった床にこびりついた染《し》みが落ちなくて、八つ当たりのようにがしがしと乱暴にモップをあやつり、擦《こす》り落とすことにやっきになってしまう。

「俺の顔さえ見れば、高遠高遠《たかとお》ってさ、もう……」

「――そりゃまあ、しょうがないじゃない？」

きりきりと険のある顔でしつこい汚《よご》れと格闘《かくとう》していれば、背後からやんわりとした声がかけられた。

「この間中まで、信符《しのぶ》の顔さえ見れば喜色満面だったのにさ。今じゃすっかり禁句だもん」

「……玲ちゃん……」

唯一、この店内で希が不機嫌だろうとなんであろうと動じない叔父は、手近にあったテーブルの端《はし》に腰掛《こしか》け、曖昧《あいまい》な苦笑《くしょう》を浮かべてみせる。

「連絡《れんらく》ないの？　まだ」

軽く額を小突《こづ》きながらのその笑《え》みに、小さな唇《くちびる》を尖《とが》らせた希は顎を引く。「わかってるくせに」と言いたげな上目遣《うわめづか》いに、玲二は困ったように首を傾《かし》げた。

「当てが外れたのは残念だけど、それでぶすくれてもしょうがないだろ」

「……わかってるよ」

ふて腐《くさ》れて頷《うなず》いた希の艶《つや》やかな髪《かみ》を、繊細《せんさい》な指は荒《あら》っぽくかき回す。

自覚はしているが、周囲の大人たちは総じて希に甘い。こうして膨れた顔を見せても「はいはい」と流されてしまえば、自身の幼さを余計に思い知らされるようで、複雑だ。

「ま、いいけどね。感情表現が豊かになってきたのは、いい傾向《けいこう》だよ」

まして、態度の悪さをそんな風に表されては、いつまでも拗《す》ねていられる希ではない。それがからかいや嫌味《いやみ》でなく、本心から告げられているのがわかるだけに、なおのことだ。

「よくないよ……」

子供扱《あつか》いされてしまう自分を恥《は》ずかしく感じるし、かといって、根本的に気分が浮揚《ふよう》するわけでもないから、どうしていいのかもわからない。

「心配しなくても、一段落したらそのうち、絶対顔見せに来るってば」

「……そうかなあ」

玲二への気安さもあって、これは素直《すなお》に不安顔を見せる希に、叔父《おじ》は「仕方のない」と言わんばかりの表情で苦笑する。

「信符は連絡するって言ったんでしょ。約束破るようなヤツじゃないって」

うっかりと甘えたことを呟《つぶや》いた自分に気付けばどうにも恥ずかしく、またその落ち着いた口調にさえ苛立《いらだ》つ感情を持て余して、希は顔を伏《ふ》せた。

(だめだなあ、もう……)

身内に恋愛《れんあい》関係がばれているというのは、ただでさえ気まずいものがある。

それが微笑《ほほえ》ましい程度のものであれば別だろうけれども、数回に亘《わた》って朝帰りをしていれば、することをしちゃっているのは言わずもがなというものだ。

おまけに、希の恋人《こいびと》ときたら希よりもちょうど十歳年上で、おまけに同性であったりする。

だというのに、肉親、しかも保護者に当たる玲二が、その辺りに関しては委細構わずといった空気なのも、気まずいのはもちろんのことだが微妙に解《げ》せない。

「らっぶらぶだねえ、希」

咎《とが》めるどころか、にやりと笑ってからかいを見せる玲二のことも、近頃《ちかごろ》今ひとつわからなくなってきた希だ。

「んなんじゃ……ないけど」

どうやらこの叔父は見た目に反して相当に神経が太いらしい。普通《ふつう》ではない甥《おい》の恋人に対しても、せいぜいが親ばか的な独占欲《どくせんよく》を見せつける程度だ。

反対されないのは幸いではあるけれど、ことあるごとに「色ボケだ」などと笑い飛ばされて、神経の細い希はそのたび、身の置き所がない。

「まあ、微笑ましいけどねえ。連絡が取れないくらいで不安になるようなの、ぼくなんかしばらく味わってないから」

それは仕事の相手で四六時中喧嘩《けんか》ばかりする恋人がいればそうだろう。

思わず胸の中で反論した希は、しかし確証の持てない叔父と店長の間柄《あいだがら》についての言及《げんきゅう》をやめた。

希と恋人の関係について、反対の意は一切《いっさい》示さない叔父に言わせれば、「人になにかを説教できる立場ではない」とのことだ。

しかし、どうもそこら辺を深読みすると、玲二と店長との間になんらかのことがあるとしか思えなくなる。

身勝手なことだけれど、兄のような叔父の私生活について知ってしまうのもやはり怖《こわ》くて、その辺りはどうしても追及できない。

それから、玲二の色恋沙汰《いろこいざた》について突《つ》っ込みたくない理由はもうひとつ。

あまりに下世話な気がして、とても口にはできないそれが、今最も希の胸を重くしている。

「まあ、とにかく辛気《しんき》くさい顔はよしなさい。希は仏頂面《ぶっちょうづら》してると怖いんだから」

「はあい……」

やんわりと窘《たしな》められ、実際反省もしていたけれど、口から出たのは少し気のない返事だった。

「反抗期《はんこう》？」

笑いながら頭を軽く小突いた玲二は去っていったけれど、胸の中は相変わらずもやもやとしたままだ。

ステージではリハーサルが始まったとみえて、重厚《じゅうこう》なチェロとピアノの音がジャズアレンジのリベルタンゴを奏《かな》でるのが聞こえた。

その情熱的で、けれど哀愁《あいしゅう》の漂《ただよ》う曲調に胸の中のもやもやがあまりにも当てはまる気がしてしまって、希はそっとため息をつく。

(もう大分……慣れたかと思ったのに)

上総はなにを思ってのことでもなかったのだろう。だというのに、トラウマの引き金であった『アイドル』という単語に、やはり神経がささくれてしまっているようだ。

あの時期の出来事を、胸の内から押し流すのには随分《ずいぶん》かかったけれども、人間やはり耐性《たいせい》はつく。

だから少しは自分が強くなったのだろうかと思っていただけに、どうしても頬《ほお》が硬《かた》く強《こわ》ばってしまった。

(まだまだ、だめだなあ……)

それでも近頃では大分、叔父やこのバイト仲間たちに可愛《かわい》がられ、笑えるようにもなってきた。やさしくされることや、甘やかされることも、遠慮《えんりょ》しながらそれでも受け止めて。

他人と関《かか》わるのが怖くて、誰《だれ》も触るな、近寄るなと背中の毛を逆立てていた時期はようやく、脱却《だっきゃく》したのだけれども。

（アイドル……かあ）

上総の発言は、当たらずとも遠からずといったところだった。

それだけに笑っていいのか傷ついていいのか、希はわからないまま途方《とほう》にくれてしまった。

（なんだか、なあ……）

ミルク色の卵から、ほんの少し覗《のぞ》いた世界は、やはりそんなに甘くはないようだと、近頃の希は噛《か》みしめている。

夏に差し掛《か》かってからこっち、希はこの漠然《ばくぜん》とした不安感に包まれている。

そうして、ぐらぐらと揺《ゆ》れる気持ちの最大の原因の名前を、高遠信符という。

義一と同じほどに背の高い彼氏の職業は、サックスプレイヤー。そんな特殊《とくしゅ》な仕事に就《つ》く相手と知り合ったのも、ジャズバーであるこの店の中でのことだ。

けれど今、奏でられるのはあの深く甘いサックスの音色ではなく、背の高い彼の姿もどこにも見えない。

ひっそりと肩を落として、目先の仕事をこなす以外に、希にできることもない。

＊　＊　＊

知るものは今ではごく少数でしかないが、希はかつて、少年アイドルとしてテレビなどに出演していた時期もあった。

今ではおそらく誰もが知る、『Ｕｎｂａｌａｎｃｅ』というグループ、その前身となったのは、いわゆる企画《きかく》ものの『チャイドルグループ』というものだった。

現在のUnbalanceは市原菜摘《いちはらなつみ》、水見柚《みずみゆう》、館野麻妃《かんのまき》、那波愛香《ななみあいか》という、年齢《ねんれい》もばらばらの四人ユニットだが、当時はさらにそこに、希を含《ふく》む数人の少年たちがいた。

少年の可愛さと変声期前の不安定で高い声を売り物にしていた部分のあったグループであったが、結成から数年も経《た》たずに今の四人編成へとシフトした。

思春期を迎《むか》えた少年たちは一斉《いっせい》に声変わりを迎え、コンセプトイメージにそぐわなくなったという表向きの理由と、大手少年アイドル事務所からの圧力という、二重の理由があったらしい。

物心つくかどうかでわけもわからず放《ほう》り込まれ、時代が過ぎればまた、わけもわからずお払《はら》い箱になった。

その顚末《てんまつ》は、芸能界には掃《は》いて捨てるほどある話だったろう。

ただそれが、希の身の上にとっては少しばかり不幸な結果を招いたのも事実だ。

マネージャーになり、華《はな》やかな世界に毒された母親が家庭を放棄《ほうき》し、商品価値のなくなった子供を上手《うま》く愛せなくなったり、それによって起きた両親の不仲。

誰に聞いても、あの業界にはよくある話と片づけられる程度のことだ。

己《おのれ》の希望通りトップアイドルになれなかった希を、ヒステリックな母はなじるばかりで、父親もそんな妻と子供を持て余しているのは明らかだった。

彼らには、なにを言っても通じない――そう感じてしまえば、ただ絶望だけが塞《ふさ》いだ少年の胸は重く、希はそれによって、一時的に声が出なくなったことがある。

見かねた叔父に引き取られ、上手に放任する玲二のやさしさのおかげでどうにか立ち直ったけれども、以来どうにも話すのが苦手になって、人が嫌《きら》いになった。

自分のことはもっと嫌いで、ただ膝《ひざ》を丸めていた日々は、灰色の空間に押し込められたように冷たく暗く、長かった。

希にとっての変化が訪《おとず》れたのは、この春先のことだ。

家庭からもスポイルされ、高校にも馴染《なじ》めず、身の置き所のない自分を持て余していた希は、引きこもりのような生活を送っていた。それを心配した玲二に、少しでも外の世界に触《ふ》れろとバイトに引っ張り出されたのだ。

気遣《きづか》いは痛いほどにわかったし、どちらかといえば働くこと、自立することへの憧《あこが》れが強い希には、3・14でのアルバイト生活は楽しいものだった。

そして、高遠に出会ったのも、この店での出来事だった。

凛《りん》とした眼差《まなざ》しをして、金褐色《きんかっしょく》に光る楽器を奏でる彼に、希は知らず捕《と》らわれた。

好きでもない歌を歌わされた記憶《きおく》から、音楽全般《ぜんぱん》を好ましく思えなかった希だったが、高遠の奏でるその音楽に、自分でも意外なほどに惚《ほ》れ込んだのだ。

はじめはただの憧れだった。けれど、ある時彼が行きずりの女性と濃厚《のうこう》なラブシーンを演じているのを見つけてしまった時から、希の中でなにかが変わった。

店の中での高遠はどちらかといえばストイックで、その印象を覆《くつがえ》すかのような艶《なま》めかしい姿に困惑《こんわく》した。

そして、自分が強く彼を意識していることに気づくより先、いささか乱暴なほどに唇《くちびる》を奪《うば》われて、強引《ごういん》に恋心《こいごころ》を自覚させられたのだ。

色々とこじれもしたが、思いを確認《かくにん》してからは彼の奏でる音楽と、ぶっきらぼうではあるが案外やさしい彼自身に包まれるようにして抱《だ》きしめられれば、希は本当に幸福だった。

当時の高遠はこの店の中で定期ライブを行っていたため、毎日のようにその音に触れるために3・14へ通い、休憩《きゅうけい》時間にはそのステージにうっとりと聴《き》き惚れていた。

はじめて知った恋愛《れんあい》の甘さは、かたくなだった希を内側から少しずつ変化させ、他人との関わりも以前ほどには怖くなくなった。

とっくに向けられていた、他者からの情というものにも少しは気がつくようになった。

おかげで高校でも少しの友人もできて、思うよりも簡単なそれらの出来事に驚《おどろ》いたり。

強烈《きょうれつ》な高遠に引きずり出された外の世界は、希が怯《おび》え続けていた頃《ころ》のようには自分を傷つけず、むろん難しい事柄《ことがら》もたくさんあるけれど、それでも、鬱屈《うっくつ》していた自分を変えられるかもしれないという期待感の方が強かったのだ。

しかし今思えば、それは随分と恵《めぐ》まれていたのだと、近頃の希は気づいている。

今となってはうかつなことだった。

出会ってからというもの、この店に用があろうとなかろうと入り浸《びた》っていた高遠が、まさかぱったり顔を出さなくなるなどと、希は考えてもいなかったのだ。

（しばらくは、店にも行けないから）

（あの、じゃあ……八月いっぱい……？）

（楽日《らくび》が確か二十三日とかだったから、まあそうだな）

この夏の間中、高遠はとあるライブのバックメンバーとしてツアーについてまわり、仕事に忙殺《ぼうさつ》されることが決定していた。希はそれを、直前になるまで知らずにいたのだ。

土壇場《どたんば》でさらりと、なんの感慨《かんがい》もなさそうに告げた彼に、ショックでなかったと言えば嘘《うそ》になる。

密《ひそ》かに楽しみにしていた、例年になく暑い夏の長い休みと、高遠との時間は、あっけなく希の前から霧散《むさん》した。

代わりに訪れたものはといえば、虚《むな》しいような空白感と、苛立《いらだ》ちと、不安。

それは、今おそらく恋人がサポートするステージの中心で、脚光《きゃっこう》を浴びているグループの名を聞いた瞬間《しゅんかん》から、よけいに苦い重さを伴《ともな》って、胸の奥を去らないままだ。

希からこの夏の輝《かがや》きを奪い取ったその相手。

よりにもよってそれは、かつて希が幼い頃に在籍《ざいせき》し、そしてお払い箱になった、Ｕｎｂａｌａｎｃｅのサマーツアーだったのだ。

＊　＊　＊

その話を希が聞いたのは、もうあと数日で夏休みがはじまるという、週末のことだった。

よく晴れた休日。陽光の爽《さわ》やかな午後になっても、痺《しび》れた感の去らない希の下半身は甘ったるく怠惰《たいだ》で、身体《からだ》を覆《おお》うものは着崩《きくず》れたシャツが一枚きりだった。

乱れた格好が、昨晩のふたりの時間を否応《いやおう》なく感じさせる。

「起きられるなら、なにか食うか」

髪《かみ》を撫《な》でて問う声は低く、長い時間をかけて蕩《とろ》かされたままの身体はそのささやかな接触《せっしょく》にも震《ふる》えてしまう。

「え、と……喉《のど》、渇《かわ》いて」

手足を絡《から》め合ったまま眠《ねむ》ったせいで肌《はだ》の火照《ほて》りはまだ抜《ぬ》けていない。答えようとして口を開けば、掠《かす》れた声しか出ない喉にはひりついた痛みがあった。

「まだ無理そうだな」

希の哀《あわ》れな声音に喉奥で笑い、引き締《し》まった身体を起こした高遠は、筋肉の張りつめた広い背を向け、ジーンズだけを身にまとう。

ややあって戻《もど》ってきた彼の手にはスポーツドリンクのミニボトルがあって、腕《うで》を伸《の》ばすより先に背中に手を当てて抱き起こされた。

「ほら」

「あ、ありがと……」

ボトルに口をつけた途端《とたん》、自覚している以上の渇きに喉を鳴らして飲み干せば、じんわりと身体中に水分が行き渡《わた》る。

「ん……」

唇の端《はし》から零《こぼ》れた液体が首筋を伝って、ひやりとするそれに希は身震《みぶる》いする。

あるいは肌がさざめくのは、ほのかな甘みと柑橘《かんきつ》系の香《かお》りのするそれを辿《たど》った、高遠の長い指のせいであったかもしれない。

雫《しずく》を纏《まと》わせた長い指を何気なく舐《な》め取る高遠の仕草に、希はうっすらと赤くなった。

「……なんだ」

抑揚《よくよう》のない低音が、からかうように笑《え》みを含む。いい加減見慣れてもいいと思うけれども、間近に見つめても粗《あら》さの見つからない顔立ちは、毎回希をのぼせ上がらせる。

「なんでも、な………んっ」

赤みの増した頬《ほお》に吸い寄せられたように、その薄《うす》い唇が近づいてくる瞬間さえ見ていられなくて、希は慌《あわ》てて目を瞑《つぶ》る。

「………ふぁ」

起き抜けにしては濃厚で長い口づけが解かれると、ため息に混じった甘い声が漏《も》れてしまう。そのかすかな響《ひび》きさえも吸い取るようにもう一度軽く啄《ついば》まれた後、小さな唇を震えながら嚙《か》みしめる。

名残惜《なごりお》しい感触《かんしょく》を閉じこめるようにつぐんだそれと反対に、希の潤《うる》んだ瞳《ひとみ》はゆっくりと開かれた。

見つめてくる虹彩《こうさい》は、光が当たれば金色に輝くほどに色素が薄く、感情が読みとりづらい。

冷ややかに感じるほどの眼差しは、しかし希を前にした時だけは少し、やわらぐようだ。

「起きられそうか？」

「……………ん」

逞《たくま》しい肩《かた》にもたれたままこくりと頷《うなず》くと、希のさらりとした髪が大きな手に撫でられる。

心地《ここち》よさに吐息《とい き》しつつ、まだ見慣れないようなすっきりとした首筋を希は見つめる。

「なんで……切っちゃったんですか？」

「ん？」

「だから……髪」

いつになく落ち着かない気分になるのは、この見慣れない髪型のせいもあるのだ。

確か先週までは見慣れた髪型だったはずなのだが、と訝《いぶか》しみながらの希の問いへ、高遠の答えはどうにも素っ気ないものだった。

「ああ？ 別に……暑かったから」

出会ってからこの方、しなやかに伸びた高遠の首筋には、これも色素の薄い長い髪が揺《ゆ》れていた。だが、今はほどよく日に焼けた肌を纏う、きれいな筋肉と骨格の形がよくわかる。

前髪だけは相変わらず少し長めだけれども、それにしても潔《いさぎよ》くばっさりとやったものだ。

ちらりと目をやり、また慌てて逸《そ》らした希は、この高遠の姿には、しばらく慣れそうにないなと思う。

「なんだ、おかしいか？」

「や……似合ってます、けど」

肩に届くまでの髪では、この時期には暑いというのも確かに頷ける話ではある。

見た目には低血圧で体温も低そうな印象のある高遠だが、実際に触《ふ》れてみれば通常よりも体熱が高い方らしいから、夏場は苦手でもあるのだろう。

「けど、なんだ」

落ち着かないのだ、ということを伝えあぐね、希は顔を伏《ふ》せた。

たかが髪を切った程度のことだ。それなのに、あらわになった首筋がやけに眩《まぶ》しい気がして、昨晩からずっと希は動揺《どうよう》している。

「……なんか、違《ちが》うひと、みたいで」

「ん？」

「慣れなくて……」

また、言葉尻《ことばじり》がはっきりしないのには、もうひとつの理由がある。

こうして抱《だ》き合う時にはいつも、あの長い髪に指を絡ませるのが希のくせになっていた。

(言えない、よなあ……)

だから今、腰《こし》を抱かれて胸に顔を埋《うず》めるようにしながら、手の持って行き場をどうすればいいのか今ひとつわからないでいる、などと、どうやって言えばいいのか。

「――……ああ」

俯《うつむ》いたまま唇《くちびる》を噛んでいれば、なにかを察したように高遠が喉奥で笑った。まさかと思っているうちに両手を捕《つか》まえられ、指をひとつひとつ絡ませるやり方で握《にぎ》られる。

「ゆうべ、それで妙《みょう》に敏感《びんかん》だったのか？」

「びん、びんか、って…っ！」

語るに落ちたと言うように、もうひとつのくせまでも指摘《してき》され、希はぶわっと顔が赤くなるのがわかった。

「そん、そんなんじゃ、な、なっ」

「嘘つけ。……すごかったくせに」

語尾《ごび》の辺りは希だけに聞こえるよう、吐息だけの響きにして囁《ささや》いてくる高遠に、くらくらになった身体がきつく抱きしめられる。

「だって……」

すごかった、なんて言われてもあれは、自分でもどうしようもなかったのだ。

本当に無意識だけれど、希は身体を繋《つな》げて追い上げられていく瞬間、きゅっと高遠の長い髪を握りしめることが多い。

揺れながら、ねっとりとした熱が体内で次第《しだい》に濃《こ》くなっていく最中《さなか》、縋《すが》るものを探した希の指は背中から這《は》い上がるようにして首筋を辿り、そしてさらりとした淡《あわ》い髪を指の先にとらえる。

いつもはそうやって激しい感覚に飲まれる自分をやり過ごすようにしていたけれど、しかし昨夜はそこに、あるべきものがなかったのだ。

（あ……れ？）

摑《つか》まる先を失った指の先は痺れたままもがくだけで、どこに力を、感覚を逃《に》がせばいいのかわからなくなって、それがあんな風に身体に作用するなどとは思わなかった。

(どう……した?)

(あ……わか、ない、よ……っ)

体内のうねるような動きがいつにも増して激しくて、途中《とちゅう》高遠が驚《おどろ》いたように問いかけてきたのも恥《は》ずかしかった。

それ以上に、どうしようもなく感じて止められなくて、怖《こわ》かった。

(なん、で? たかと……さっ、なんで、だめ……っ)

どうしていいのかわからないとかぶりを振《ふ》りながらも、自分の身体の起こす蠢動《しゅんどう》に惑乱《わくらん》した希は、ひっきりなしに濡《ぬ》れた声を上げ続けるしかなかった。

そうして泣きながら、助けてと見上げた先には、今までのように長い髪で隠《かく》れてしまうこともない端整な顔が、狂《くる》おしげに見つめてくるのがはっきりわかってしまう。

(いや……あ、いや……!)

視覚にも触覚にも惑《まど》わされ、もうとにかく、ぐらぐらになっているしかできなかった昨日の夜のおかげで、今朝はいつもより数倍身体が怠《だる》い。うっかりと濃厚《のうこう》な時間を思い出せば、じわりと肌《はだ》が湿《しめ》るような気さえして、希は慌ててかぶりを振り、その瞬間《しゅんかん》小さく呻《うめ》いた。

「………っ」

節々に軋《きし》むような痛みがあって、そのくせぼうっと感覚が鈍《にぶ》っている。まるで熱を出した時のようだと思っていれば、高遠が首筋にその長い指を当ててきた。

「……ちょっと熱いか」

「え……？　あ、寝起《ねお》きだから」

脈の感じられるあたりで手のひらに熱を測られる。どぎまぎとしていれば微《かす》かに高遠は眉《まゆ》を寄せ、その心配を匂《にお》わせた表情に、希は「大丈夫《だいじょうぶ》だから」と笑ってみせた。

「ほんとに、だいじょぶ……」

言った端から、前髪をかき上げた高遠が小さな子供にするように額を合わせてくる。

（うわ）

肌の境目さえ失うような時間は随分《ずいぶん》と共有したけれども、高遠の端整な顔が至近距離《きょり》にあることに、未《いま》だに慣れない。

睫毛《まつげ》の触れそうな距離で、息を殺して見守るその顔立ちは、女性的な柔和《にゅうわ》さこそないものの、硬質《こうしつ》なうつくしさがある。どれだけ一緒《いっしょ》の時間を過ごしても、やはり希に緊張感《きんちょうかん》を覚えさせてしまうのは、この整った容貌《ようぼう》に冷たくさえ感じるほど動かない表情のせいだろう。

（きれいだなあ……）

出会いからずっと、この一見冷たいほどに無愛想な彼に、希は強烈《きょうれつ》に憧《あこが》れていた。

すらりと高い背丈《せたけ》に、細く見えるが引き締《し》まった筋肉を纏《まと》わせた高遠が、テナーサックスを軽々と扱《あつか》うさまは、秀《ひい》でた才能を持つ人間特有の華《はな》やぎと、自信が溢《あふ》れている。

その才能もさることながら、高遠は非常に端整《たんせい》な顔立ちをした男だ。

それは義一のような、甘く正統派の二枚目顔や、玲二の怜悧《れいり》なうつくしさとは種類の違う、少しばかり危険なものを孕《はら》んだ魅力《みりょく》だった。

細面の輪郭《りんかく》に高い鼻梁《びりょう》、薄《うす》く酷薄《こくはく》な印象のある唇も、絶妙《ぜつみょう》なバランスで配置されている。なかでも印象的なのは、その双眸《そうぼう》だ。切れ長だけれどやや目尻が下がっているせいで奇妙《きみょう》な艶《つや》のある瞳は、ひどく色素が薄い。

虹彩と瞳孔《どうこう》の境が曖昧《あいまい》なほど澄《す》み切って、正面から見つめれば身体《からだ》の奥まで見透《みす》かされそうな、そんな目をしている。

高遠の淡い瞳は透き通るように輝《かがや》き、光が当たれば金色に見える。表情の読めない、その眼《まな》差《ざ》しに捕《と》らわれると、希はいつでも混乱した。

それは肌を重ねるようになり、身体の秘密も気持ちの奥に潜《ひそ》んだものさえもすべて明け渡《わた》した今になっても、変わることがない。

高遠の感情は、長年付き合った叔父《おじ》や義一が零《こぼ》すほどに、他人にわかりにくい。動じることはあまりないようであるし、自分と一緒にいる時間にも、どこまでもクールで素っ気なく、甘い言葉も相変わらず苦手だと、大抵《たいてい》は必要以外のことを口にしない。

けれどごくたまに、不意打ちでこういう甘ったるい仕草を見せつけるから困ってしまうのだ。

顔立ちも態度も冷たくて甘い高遠に胸を高鳴らせつつ、揺れのない表情の下で心配してくれていることに、くすぐったいような嬉《うれ》しさを覚えてしまうのを止められない。

実際希は見た目に反して身体は健康な方だ。神経が高ぶると胃や自律神経をやられることはあるけれども、それ以外の要因では滅多《めった》に風邪《かぜ》も引かないため、幼い頃《ころ》からあまり心配をされつけていない。

それだけに、憧れて焦《こ》がれて止《や》まない相手に、少しでも大事にされているようだと気づけば、舞《ま》い上がってしまうほどに嬉しいのだ。

「まあ、平気そうだな。とりあえずなんか食うか」

「はい」

そして、見た目に反してというのならばこの男もそうだろうと思う。

「これでも飲んで待ってろ」

やはり怠い身体は正直で、着替《きが》えにももたつく希にひとつ笑った後、食事の支度《したく》をはじめた男が差し出したのは、甘めのカフェオレだった。

（……実は、まめなんだよなあ）

ほどよい熱さのそれを啜《すす》りつつ、希は感心してしまう。

ほとんどコーヒー牛乳と言ってもいいほどミルクの多いそれは希の好みではあるけれども、子供っぽいのであまり人に言ったことはない。それは一緒に暮らしている、叔父の玲二でも知らないだろう。

表情や声音《こわね》からは冷たい印象を受け取りがちであるけれど、高遠は実際には割合、細かいことに気のつく性格だと、最近気がついた。

はじめてこの部屋で朝を迎《むか》えた日、今と同じように何気なくすすめられたカップを口にして、どうしてこの味だとわかったのかと問うた希に、高遠は実になんでもないことのように言った。

(毎回毎回ミルク足してるの見てりゃ、わかるだろ)

何度か食事を一緒にした際、コーヒーにたっぷりとミルクを落としているさまは、どうやらしっかり見られていたらしい。

無関心に見えるのに、高遠は時々希以上に希を知っているようで、あっさりひょいとその長い腕《うで》に渡されるものたちは、ささやかな驚きとたくさんの喜びを与《あた》えてくれる。

甘やかされることに慣れていない希に、今喉元《のどもと》を通り過ぎた甘い飲み物のように、そのやわらかい情はひどく染《し》みる。ともすれば、困惑《こんわく》を覚えるほどに。

長い手足が動く様を、視線がどうしても追いかける。きれいな光を孕むと、高遠の淡い色の髪《かみ》はきらきらと光っている。うっとり、としか言いようのない表情でそれらを見つめていた希は、ふと首を傾《かし》げた。

(………ん?)

襟足《えりあし》で刈《か》ったその長さと、普段《ふだん》よりも明るい色味になぜか、希は胸の奥に引っ掛《か》かるものを覚えたのだ。なにか、どこかでこんな、鮮《あざ》やかな色を見つけたような気がして。

(なんだろ……なんか、見覚えが……あ)

しかしそれはすぐに、彼の手にする楽器を思わせるからだと考えた。今も部屋の隅《すみ》に、昨晩手入れの途中で放置されてしまったテナーサックスが立てかけられており、磨《みが》き抜《ぬ》かれたボディが朝の光にきらきらと光を反射させている。

高遠の手にする楽器も、彼自身も眩《まぶ》しくてたまらなくて、希はそっと瞳《ひとみ》を眇《すが》めた。

清潔に整った部屋と、やわらかな音を奏《かな》でるサックスと、長い手足の恋人《こいびと》のいる部屋は、希にとって幸福の情景そのものだ。

「おい、もうできるぞ」

「あ、うん」

ぼんやりと浸《ひた》っているところを手招かれ、慌《あわ》てて立ちあがる。

飲み残しのカップを手にしたまま近寄ったテーブルの上には、オープンサンドがあった。

トーストした厚切りのフランスパンに、角切りポテトのバジルソース炒《いた》めと、アスパラガスに軽くソテーした鶏肉《けいにく》がほっこりと湯気を立てている。

つけあわせは焼きトマトのガーリック風味と、サニーレタスのサラダ。

「おいしそー……」

作るのは面倒《めんどう》らしく滅多にありつけないが、高遠の料理は実際、その辺の店で食べるものにもひけをとらない。

バジルリーフを載《の》せたオープンサンドからふわりと漂《ただよ》う香《かお》りに、空腹であったことを思い出した希が目を輝かせると、くわえ煙草《たばこ》の高遠は自分のコーヒーを淹《い》れながら素っ気なく言う。

「先に食ってろ。冷めると味が落ちる」

「はあい」

口から煙《けむり》を吐《は》きつつ、コーヒー豆をセットしたカップの上でケトルの高さを調整しつつコーヒーを落とす高遠の手つきは、堂に入っている。

いただきます、とその背中に声をかければ、目顔で頷《うなず》くだけで、彼はまた深く煙を吸い込んだ。

（……いいなあ）

広い背中を見つめながら、こっそりとため息する。

不器用を自認する希には、なにをやらせても一通りこなしてしまう彼が羨《うらや》ましいような、時々は妬《ねた》ましいような気分にもなってしまう。年齢《ねんれい》の開きばかりでなく、高遠と自分の間にはなにか、どうしようもなく埋《う》めがたい差があるような気がして、そんな時はひとり静かに落ち込むことも多い。

高遠と夜を共に過ごした後は、特にその感覚が強いことに、最近気づいた。

肌《はだ》がひりつくほどに激しくされて、泣きじゃくるまでに高ぶった感情が朝になってもなかなか戻《もど》らないせいなのだろうか、情緒《じょうしょ》がひどく不安定で、ぐらぐらと揺《ゆ》れる。

抱《だ》きしめられた時間が濃厚《のうこう》であればあるほどに、ふと冷静になった瞬間「なぜ」という疑問が生まれてしまうのだ。

（なんで、俺のことかまうの……？）

まだ高遠の感情が今以上にわからなかった頃ぶつけた疑問は、胸の奥深くに沈《しず》んだまま、時折にひょいと顔を出し、希を静かに不安にさせる。

言葉の足りない大人な相手には、はじめはずっと遊ばれているのだろうと感じていた。

ことのはじめからかなり強引《ごういん》に手をつけられて振《ふ》り回されて、反発して泣いてわめいて、それでも気がつけば、弄《もてあそ》ばれてもかまわないとさえ思い詰《つ》めるほどに好きだった。

生まれて初めての、強く脆《もろ》い感情をくれた相手を、希は必死になって追いかけた。今も多分、そのせつなさに変わりはない。

だからそんな相手に、あまりにさりげなく提示されるやさしさを見せられると、それだけで舞い上がりそうに嬉しくて――――嬉しすぎてなんだか、不安になってしまう。

見つめた先には、多分なにものにも代え難《がた》いほどに好きなひとがいて、それでなにが怖《こわ》いのか、希にもよくわからない。

ただ漠然《ばくぜん》と、小さな違和感《いわかん》にも似たものを感じて、戸惑《とまど》っている、それだけは事実だ。

そして。

（………ああ、また）

それ、に気づいたのはいつの頃だったろうか。

ぼんやりとしながら食事を口に運んでいれば、ふと視線を感じることがある。気づいて顔を上げると、いつでもそこには高遠のやわらかい表情があった。

普段、険しいそれか冷たいまでの無表情を浮《う》かべている男のくれる、あまりにやさしげな目線を、はじめのうちはただ、くすぐったく思っていた。

しかしそれが、遠くを懐《なつ》かしむような色を浮かべていると気づいてしまった頃から、希の胸にはかすかな苦さが根付いている。

「あの、……夏は、お休みはあるんですか？」

「ん？……あぁ」

声をかければ、高遠はぼうっとしていた自分に気づいたかのように、はっと瞳を瞬《またた》かせる。

（なに……？）

らしくない、仕草だった。高遠は大抵において冷静で、険の強い、きりきりと神経を張りつめている印象があり、無関心を装《よそお》いつつもひとの所作や挙動にはかなり敏感《びんかん》な方だと思う。

それは希のように、内面に弱さを抱《かか》えた人間特有の敏感さとは異なる神経の鋭《するど》さだ。

そんな男が、見つめている相手が話しかけるまで気づけないという状態は、希にはどうも腑《ふ》に落ちない。

「そうか……夏休みか、そっちは」

「はい」

高遠はそこで自作のオープンサンドを頰張《ほおば》り、少しばかり会話は途切《とぎ》れた。もとよりあまり、お互《たが》いに饒舌《じょうぜつ》な方ではないから、ふたりでいても沈黙《ちんもく》が落ちることは多い。

それでも、今日の希はいくつかの問いかけをどうしてもしたかった。

一学期の間、高遠に誘《さそ》われることがあっても、学校行事の関係で反古《ほご》にせざるを得ない事態が何度かあった。九時五時での仕事に就《つ》かない彼には、学生のカリキュラムや通常の休日という概念《がいねん》がどうしても抜け落ちてしまうせいで、頭ではわかってはいてもウイークデイというものを失念するらしい。

「休み、か……そうだな」

実際のところつき合い始めてからまともな逢瀬《おうせ》といえば毎度、あの3・14の中でのことか、こうしてたまに泊《と》まりに来るくらいのものだった。

(でも、休みになれば)

少なくとも希の時間の融通《ゆうずう》だけは利《き》くようになる。だからこそ、時間がある限りは会いたいと、そう告げるつもりの希は密《ひそ》かに胸をときめかせていたのだけれども。

「――八月いっぱいは、オフはないな」

ごくあっさりと、なんの感慨《かんがい》もなく告げられた言葉に思わず、息が止まった。

「え……あの、まったく、ですか」

「ああ」

言葉の少ない高遠は、自分のことをくどくどとは言わない。問えば教えてくれるものの、そもそもが喋《しゃべ》るのが苦手なたちであるのは変わらない。

それにしても口が重いような気がすると、希はにわかに不安になった。

「しばらくは、店にも行けないから」

どこかこの話を切り上げたがっているような気配は、希の疑心暗鬼《あんき》ばかりでもない。証拠《しょうこ》に、いつでもまっすぐに見据《みす》えて怖いほどの高遠の視線は、ずっと逸《そ》らされたままだ。

急《せ》くような気分がこみ上げ、しつこいかと思いながらも質問が止まらない。

「あの、また……クマさんたちの、レコーディングですか？」

サックス奏者という自由業の彼は、逆に仕事となれば昼も夜も休日も、世間のカレンダーに関係がない。レコーディング参加ともなれば、スタジオにこもりきりになることも多い。

幾度《いくど》か連れて行って貰《もら》った仕事仲間たちの集《つど》うスタジオならば、少し顔を見るくらいは許されるだろうかと期待した希の問いは、これもあっさりと砕《くだ》かれた。

「いや、ツアーで回る」

「え？　ライブ、やるんですか？」

「俺じゃないがな。バックバンドで……ここんとこ蹴《け》り続けてたら、断り切れなくなった」

コーヒーを啜《すす》った高遠は希よりもあとに食事をはじめたくせに、もう食べ終わっていた。しかし希はといえば食事は中断してしまって、冷めかけたオープンサンドの味が落ちるのも、もうかまってはいられない。

「あの、じゃあ……八月いっぱい……？」

「楽日《らくび》が確か二十三日とかだったから、まあそうだな」

軽く指を振って煙草を吸ってもいいかと問うので、どうぞと頷きながらも、希はさらに食い下がった。

「ええとあの、じゃあ、誰《だれ》のか……訊《き》いても？」

普段《ふだん》ならば、高遠の方から「来るか」と訊いてくれるため、つい問いかけた言葉に返答はない。

ゆっくりと煙草を吸いつけた高遠の薄《うす》い唇《くちびる》からは、ふわりと紫煙《しえん》が零《こぼ》れる。自分でもまだ、短い髪《かみ》が落ち着かないのか、その長い指は何度も首筋をなぞる所作を繰《く》り返した。

「あの、別にお仕事に押しかけようとか、そういうんじゃ……ただ、ライブ観《み》たいかもって」

威圧感《いあっかん》の強い、きつい容貌《ようぼう》に押し黙《だま》られると、慣れたとはいえその迫力《はくりょく》に怯《ひる》みそうになる。

(図々《ずうずう》しかった?)

しつこかったのかと慌《あわ》てて言い訳めいたことを口にした希に、高遠は長い沈黙のあとでようやく、口を開いた。

「――……チケットはもう、完売してるし、無理だろ」

「ああ、………そう、なんだ」

吐息《といき》混じりなのは、煙草のせいなのかそれとも億劫《おっくう》であったのか。

微妙《びみょう》に判別のつかない低い声だった。だから希は、残念です、と小さく呟《つぶや》く以外にできない。

「観たかったな……」

自分が高遠のファンでもあることは、目の前の男も既《すで》に知っている。別段、オンオフをわきまえずにべったりしたいという意図ばかりでもなく、純粋《じゅんすい》に彼の奏《かな》でる音を聴《き》きたかった希の言葉は、二重の意味で萎《しお》れていた。

「別に……観るようなもんじゃないだろ」

「………でも」

観たかったのに、と呟く希の肩《かた》は内心を表して力なく下がる。少しはとりなそうと思うのか、高遠はやはりはっきりとしない声でそう告げた。

「ツアーっていうと、大きいライブですか?」

「まあ……だろうな。なにしろドームクラスばっかりだ」

そんなに、と希は目を瞠《みは》る。そうして、改めて目の前にいる恋人《こいびと》の世界が、案外に華《はな》やかなものであることを知らされた。

これは玲二からちらりと聞いたことだが、サックスプレイヤーとしてはここ数年かなり有名になってきた彼の許《もと》には、メジャーなバンドや歌手などからのレコーディングやライブの依頼《いらい》も相次いでいたが、気が乗らないの一言で断り続けていたらしい。

「でも……そういうの、珍《めずら》しくない？」

「なんだか、予定してたヤツが急性盲腸《もうちょう》で入院だとかで、おはちが回ってきた」

実際その仕事にしても最初は断っていたのだが、本来そのパートに入る筈《はず》だったプレイヤーが急病で倒《たお》れ、様々なしがらみから急遽《きゅうきょ》引き受ける羽目《はめ》になってしまったと、高遠は淡々《たんたん》と語った。

(……やりたくないのかな)

億劫そうに吐息するさまからも、彼自身あまり気乗りしない仕事であるのは明白だ。

高遠が3・14やごく小さなライブハウスばかりでライブを行う理由の一つには、そうした小さいハコならではの一体感や、自身の音楽に関してのこだわりがあるからだ。

(アーティストだのほざいたところで、野球場でやるライブに音の善《よ》し悪《あ》しなんかわかるもんかよ)

普段から毒づく高遠は、この度《たび》の事態にやはり思うところもあるのだろう。

嫌《いや》そうな表情を隠《かく》そうともせず、しかし気乗りしない仕事にも出向く恋人の不機嫌《ふきげん》顔に、希はますます複雑になる。

むろん、夏中会えないことも哀《かな》しくはあるが、そこまでを言うほど我が儘《まま》にはなれない。第一、これが普通の会社員などであれば、仕事となれば諦《あきら》めるほかにないのだ。

(残念だけど、……しょうがないや)

どうにか諦めようとしても、落胆《らくたん》は隠せない。薄い肩を落としていると、すらりと端整《たんせい》な指が伸《の》ばされ、髪に触《ふ》れてくる。

「おまえの好きそうなものじゃ、ないからな」

相変わらず、そろりと触れる指はぎこちない。センシュアルな接触《せっしょく》の時には恐《おそ》ろしく器用に動くくせに、希を宥《なだ》める時だけ不器用に動くこの指が、とても好きだと思った。

「そんなの、だって……だって、高遠さん、出るのに」

無意識に強《こわ》ばっていた頰を次いで撫《な》でられ、甘い接触にほんの少し希が唇を綻《ほころ》ばせようとした、その瞬間《しゅんかん》だった。

「――…Ｕｎｂａｌａｎｃｅの、ステージでも?」

逡巡《しゅんじゅん》するような間のあとに告げられた高遠の言葉はあまりに平坦《へいたん》で、希には意味がわからなかった。

「え……?」

「サマーツアー日程はほぼ一ヶ月……全国各地のドーム公演と、追加がこの間、決まった」

多分、呆然《ぼうぜん》とした表情を希は浮《う》かべていたのだろう。まさかその名前を高遠の口から聞くとは思ってさえいなかったのだ。

そしてまた、静かに気遣《きづか》わしげな視線の意味を知れば、すうっと頭の芯《しん》が冷たくなっていく。

「……そ、ですか」

「希……？」

高遠の触れた頰が、奇妙《きみよう》に歪《ゆが》むのがわかった。

「うん、じゃあ……そうだね、チケット、取れないね。……人気、あるもん」

それは自分の表情が笑いに似たものを浮かべているせいだと気づいたのは、きつく顔を顰《しか》めた男の顔を認識《にんしき》した後だった。なにか、痛みを堪《こら》えるような表情を浮かべた彼に対し、希はなぜだろうとぼんやり思う。

そっと高遠の手から逃《のが》れるように顎《あご》を引いて、食べ終えた皿を流しに運ぶ間、希の口からは勝手に言葉が零れはじめる。

背筋がぴりぴりと鋭敏《えいびん》になって、そのくせに酷《ひど》く思考が鈍《にぶ》い。よくわからない、わからないままでいたい、そんな無意識の防御《ぼうぎょ》が働くせいか、ひどく上の空な気分だった。

「ごちそうさまでした。そっちも、俺洗うから」

「……ああ」

勢いよく蛇口《じやぐち》をひねれば、ぬるい水が流れ出す。汚《よご》れた食器を泡立《あわだ》てたスポンジでこすりながら、笑いの――嗤《わら》いの形にひきつった顔が戻《もど》らなくて、希は俯《うつむ》いたままだった。

見苦しい顔を、きっとしているのだろう。高遠に顔を顰めさせるような、そんな表情を浮かべてしまう自分が、たまらなく嫌《きら》いだと思った。

「そっちも下さい」

「頼《たの》む」

高遠はなにも言わず、けれども希の傍《かたわ》らに立って、じっとその視線を向けてくる。

「……お仕事終わったら、教えて下さい」

「ああ」

どうしていいのかわからないまま、混乱して熱を持った頭を軽く振《ふ》って、希はできるだけ明るい声を出そうと努めた。

けれども、胸の奥ではじりじりと、嫌な焦燥感《しょうそうかん》に似たものがこみ上げてきて、止まらない。

「たまにでいいから、……電話、下さい」

わかった、と高遠は言って、とうに洗い終えた皿を片づけても、流水の中に手のひらをさらしたままの希の腕《うで》を取り、水を止めた。

「……高遠さん」

「うん……？」

そのまま、背中からそっと抱《だ》かれて、髪に顔を埋《うず》められた。吐息のかかる距離《きょり》にあるのに、ひどく高遠が遠い気がして、希はせつなく瞳《ひとみ》を伏《ふ》せる。

希にとって苦い記憶《きおく》の象徴《しょうちょう》である、あのアイドルグループについての過去の出来事も、高遠は既に知っている。それだけに、気遣われてしまったのがむしろつらくて、希は長い腕を濡《ぬ》れたままの指で抱きしめる。

(なんで、いつも……)

Unbalanceは、希にとっては鬼門《きもん》としか言いようがない。

自分の意志も見えないままにグループに入れられ、使い捨てられ、それによって母親からも見放され。

あげくには数ヶ月前、希と同じく元メンバーであった青年に、高遠との関係を知られ恐喝《きょうかつ》された事件が起きた。

あれもまた、過去の栄光を捨てきれなかった青年の歪んだ憎悪《ぞうお》が向けられたもので、けれど事件後に、こうしてひとを狂《くる》わせていくあのグループの名前が、なおのこと苦手になったのも事実だ。

そしてまた、今度は、ささやかな恋人との時間をも、彼らに奪《うば》われてしまうのだろうか。

(――……いけない)

逆恨《さかうら》みにも似た感情を覚えそうになり、希はきつく唇《くちびる》を噛《か》む。

しかしこれが例えば、他のミュージシャンであるとか、高遠自身のライブであれば、こうまで落胆しただろうかと考えれば、答えはNOだ。

きっとどこまでも、相性《あいしょう》が悪いのだろう。Unbalanceと自分とは、その名の通り、どうしようもなくなにかのバランスが悪いのだ。ぐらぐらと揺《ゆ》れて定まらず、過負荷がかかればどちらかが転げ落ちる、天秤《てんびん》のように。

「……高遠さん……お願い」

「だから、なんだ」

(つかまえてて)

一番の願いは口にはできないまま、内心で請《こ》いながら、高遠の長い腕を胸の前で抱きしめる。

いつもは安堵《あんど》とぬくもりをくれるはずの抱擁《ほうよう》は、今はひどくもどかしくて、足りない気がした。

もっと強く、隙間《すきま》もないほどにぴたりと重なって、揺らがない彼といっそひとつになってしまえれば、こんな不安も消えるのだろうか。

(できるわけ……ないか)

別に高遠がなにをしたわけでもない。彼には彼の仕事があって、それがたまたま——本当に偶然《ぐうぜん》、希が最も苦手とする相手だったというだけの話だ。

傷ついた顔をする権利もないし、まして高遠をそんな個人的な感情で困らせていいわけもない。

我が儘を言って、駄々《だだ》を捏《こ》ねて、そうして呆《あき》れられ、疎《うと》ましく思われるのがオチだ。

(……そんなの、いやだ)

冷たい瞳に見放された時のことを想像すれば、足下《あしもと》から震《ふる》えが這《は》い上ってくるような気分にさえなる。

だから、仕方がない、諦めろと何度も胸の内で繰《く》り返した希は、今この瞬間の苦みを忘れるために最も有用な、そして少しだけずるい方法を選択《せんたく》してしまった。

「……おね、がい。……も、いっかい……して」

胸騒《むなさわ》ぎの収まらない鼓動《こどう》の上に運んだ長い指を、縋《すが》るように握《にぎ》りしめながらの呟《つぶや》きは掠《かす》れて、背後の男をたじろがせる。

「大丈夫《だいじょうぶ》なのか」

「だって、……また、しばらく会えないし」

言い募《つの》りながら、瞳が潤《うる》みそうになる。

この後、少なくとも一ヶ月はこの腕に抱かれることがないのだという事実には少なからず落ち込んでもいて、だからその言葉にも無自覚な熱がこもった。

「……知らねえぞ」

高遠に抱かれるようになってから自然と覚えた誘《さそ》う仕草には、彼以外には見せたことのない艶《つや》が滲《にじ》み、苦い声を発した恋人《こいびと》がそれに随分《ずいぶん》と惑《まど》わされていることなど、希にはまるでわからない。

ただ、差し出すものはこの心と身体《からだ》以外にないと、そう思い詰《つ》めているばかりだ。

「いいから……」

落ちてくる唇を受け止め、目を閉じる瞬間に、天井《てんじょう》に反射した日差しの白さが網膜《もうまく》に残る。

床《ゆか》に倒《たお》れ、どこか必死に高遠の唇を吸う希の姿が恋人の目にどう映るのかなど、もう考えることもできなかった。

ただ、ぐるぐると回り始めた痛みを伴《ともな》う気持ちを、高遠の熱と残映のようなこの白さにさらして、すべてきれいに消してしまいたかった。

＊　＊　＊

季節が夏に近づき、日に日に日差しが高くなりはじめた頃《ころ》から、高遠と連絡《れんらく》をつけるのはますます難しくなっていった。

全国を飛び歩くスケジュールではさもありなんとは思うが、寂《さび》しくないわけがない。

(電話くれって、言ったのに)

詮無《せんな》いことと思いながらも、ついつい恨《うら》みがましくそう考えてしまう。

そもそも希がこの夏中をバイトに費《つい》やすことにしたのも、暇《ひま》があるからという理由は当然表向きだ。実際のところは、恋人になったばかりの高遠との時間を少しでも増やしたいという気持ちがあったからだが、今ではただ虚《むな》しいばかりの気持ちを紛《まぎ》らわすためになっている。

世間に疎い希にはわからなかったけれど、高遠は業界ではかなり有名な人物らしく、著名なミュージシャンたちからもその音を求められることがしばしばあるそうだ。

本人は完全に気分だけで仕事を選んでいて、希と出会った春先あたりは、実際には仕事というより息抜《いきぬ》きの時間で、強引《ごういん》なオフを取り付けていたらしい。

知り合いの義一の経営するこの店に通い、ライブを行ったのも半ばサービスのようなものだったと知らされた時には「そんなものなのか」と暢気《のんき》に考えていた希だった。

けれども、今ではあの時間がどれほどに特別なものだったのか、痛感している。

実際のツアーが始まるのは八月からとはいっても、ゲネプロと呼ばれるリハーサルやその他で、事前準備の期間が最も忙《いそが》しい。

皮肉なことに、幼い頃の経験でそれを知ってしまっている希は、だから不満を唱えることさえもできないままだ。

けれど、恋人の仕事を理解していることと、寂しさを覚えるのとはまた別の問題だ。さまざまな内面的折り合いが上手《うま》くない自分にも臍《ほぞ》を噛みつつ、日々は鬱々《うつうつ》と流れていく。

そして、あの日以来引っ掛《か》かっていることはもうひとつ――――。

「希、注意力散漫《さんまん》」

「……………あ」

ぽこん、と背後から頭を叩《たた》かれ、自分が存外長いこと、物思いに沈《しず》んでいたと気づく。

はっと息を飲んだ希が振り返れば、自分とよく似た面差《おもざ》しの、しかしいくらか大人びた柔和《にゅうわ》な顔を見つけ、気まずく顎《あご》を引いた。

「あそこのお客様、ドリンク空いたみたいだから下げて、オーダー確認して」

「はい」

だれた態度についてはその場での言及《げんきゅう》はない。それだけに反省しつつ玲二に頷《うなず》けば、やんわりとした笑《え》みが返ってくる。背中を押すような笑顔にひとつ会釈《えしゃく》して、希はライトの落とされたテーブル席へと細い身体を泳がせた。

「こちら、お下げしてもよろしいでしょうか？」

「はーい」

「お願いします」

　OLらしいふたり連れは、音楽鑑賞《かんしょう》がメインというよりも、おしゃれなジャズバーで飲むことを楽しみたいタイプらしい。そこそこ、演奏の邪魔《じゃま》にならない程度におしゃべりを続けているせいか、先ほどから追加注文が連続している。

「……………では、繰り返します。追加でジンフィズ、カルアミルク、サラダピッツアで」

　女の人というのはほっそりと華奢《きゃしゃ》なのに、なんでこうたくさん食べられるんだろうと希は不思議だ。一息に大量に、というのはないが、ちまちまといつまでも食べ続けていることが多い。

「ねえねえ、きみさ」

「はい？」

　膝《ひざ》をつき、小声でオーダーの確認《かくにん》を取っていれば、軽く酔《よ》いの回ったらしいひとりに唐突《とうとつ》に問われる。

「あのチーフさんの親戚《しんせき》かなんか？」

「あ、は？　はあ……そうですが」

　面食らいつつ首肯《しゅこう》すれば、くすくすと笑い出したふたりは、訊《き》くだけ聞き終えるともう希に興味をなくしたように、自分たちの話題に戻《もど》っていく。

「ほらやっぱじゃーん」

「似てると思ったんだよね」

なにが面白いのかと、その邪気《じゃき》のない笑みにも微《かす》かな疲労感《ひろうかん》を覚えつつ、その場ではため息を堪《こら》えた希はそっと立ちあがった。

「十五番テーブル、これお願いします」

「はいよ」

この日はカウンター入りの塚本にオーダー票を渡《わた》すと、軽い目くばせで控《ひか》え室を示され、休《きゅう》憩《けい》を促《うなが》される。まだそんな時間では、と思ったけれど、実際疲《つか》れを覚えてもいた希は、好意に甘えることにした。

「……………あれ、もう時間？」

控え室に入ると、そこには希と交代する上総が先に休憩を取っていたと見えて、雑誌を捲《めく》りながら煙草《たばこ》を吸っている。

「お疲れ……いや、ちょっと早いけど。まだだいじょぶだよ」

「ああ、きりがいいからか」

「んー」

うっそりと頷いてみせれば、その物憂《ものう》げな顔を見た上総は、ゆるゆると煙《けむり》を吐《は》き出す。二度ばかり、なにかを言いかけてやめるように唇《くちびる》を開閉させた彼は、言葉を手探《てさぐ》りするような様子で、希へと話しかけてきた。

「つーかさ……希ちょっと、根つめすぎでない？」

「え？」

余計なことかもしれないけど、と軽く首を傾《かし》げた上総は、自分の長めの髪《かみ》を荒《あら》っぽくかき回す。

「俺もそんな日が経《た》ってないからわかるけど、もともと常勤じゃないんだろ。シフトもうちょいゆるくした方がいいんでないの？　店長も言ってたぜ、つめすぎだって」

塚本もそうだが、この上総も相当にひとがいい、と希は内心苦笑《くしょう》し、また反省もする。

ついさっきも態度を悪くしたばかりだというのに、それで咎《とが》めるどころか希のささくれた神経を気遣《きづか》い、言葉まで選んで、心配そうな顔を見せてしまう上総は、結構人間ができていると思う。

「さっきとかもそうだけど、一生懸命《けんめい》なのわかるんだけどさ、力抜《ぬ》けよ。なんかぴりぴりしてるしさ……」

このところ表情が晴れやかでないのは、あくまで希の勝手な気持ちでしかない。だというのに気遣われたりしてしまうと申し訳なさが先に立つ。

「……ごめん、なんか……態度悪くて」

「あ、いや、そういうんじゃないけどさ……もうちょい、余裕《よゆう》もってやれって」

別にさっきのを当てこすったんじゃないぞ、と上総は慌《あわ》てて手を振《ふ》ってみせる。わかっていると気弱に希が微笑《ほほえ》めば、彼はむしろ困ったように頰《ほお》を搔《か》いた。

（いいやつだなあ）

正直なぜ、こうまで周囲が希にやさしくあるのか、不思議でならない。両親に顧《かえり》みられなかった時間が余りに長すぎた希には、どうしても不可解だったりもする。

多分思うままを告げれば、上総はきっと自分こそが傷ついたような顔をしてみせるだろう。

そんな風に、大柄《おおがら》で派手《はで》な割には神経のこまやかな男だ。

（でも……なんでかなあ）

そんな風に、当たり前にやさしいひとはたくさんいる。裏表なく、いつでも同じように好意をくれる彼らに感謝しつつ、それでもどこか、胸の中は虚《うつ》ろなままだ。

（あのひとじゃないと、嬉《うれ》しくない、なんて）

こんな時にまでどうしてあの、わかりづらい男にだけやさしくされたいなんて思ってしまうのか、希は自分が一番わからない。

「まあ……ちっと休めよ。な」

「ありがと」

またふっつりと黙《だま》り込んでいれば、上総の休憩時間は終わったようだった。じゃあな、と肩《かた》を叩いて部屋を出る上総は、あくまでこちらを責める様子はない。

責められず、それだけにひとり苛立《いらだ》っているような自分を持て余し、希は深々と吐息《といき》した。叱《しか》ってくれればいっそ、などというのは甘えが過ぎるようで、それもつらく感じる。

「あーあ……」

先ほど、上総に向けた感情が八つ当たりだなどということは、誰《だれ》に指摘《してき》されずともわかっている。

アイドルめいた顔だなどと、年中言われつけている言葉だ。今さらの話でそれなのに、過剰《かじょう》反応してしまったのはむしろ、その後に続けられた言葉のせいであったかもしれない。

「似てる……かあ」

近頃《ちかごろ》、あの叔父《おじ》のことをまっすぐ見つめるのが苦しくなっている自分に、希は気づいている。

玲二のことは、誰に問われてもはっきりと言えるほどに大好きだ。

家族に見放されたような希の手をそっと引いて、まだ二十代の若さであるのに、包むような情で守ってくれた彼には、感謝してもしきれない、それは本当だ。

兄のような友人のような、きれいで穏和《おんわ》な玲二は、とても大事な存在だった。

希のたったひとりの、家族。

周囲から、似ているねと言われればそれだけで、嬉しく誇《ほこ》らしい、そんな相手だったのに。

高遠があの、遠いような視線を向けることに気づいてからは、それは嬉しいだけのものではなくなってしまった。

「……………っ」

気づいてしまった表情を思い起こせば、ちくん、と肺の奥を刺《さ》した痛みを覚えて、希は唇を噛《か》みしめる。

希を見つめながら、時折なにかを思い出すような高遠の胸の奥に誰の姿があるのかと、そんな埒《らち》もないことを考えてしまうのは、自分の弱さのせいだとも思う。

(違《ちが》うよね……？　そんなんじゃ、ないよね？)

今自分があんな風にやさしくされているのがまさか――叔父に似ているせいだなどと、考えたくもない。

けれどそれならば、あの懐《なつ》かしむ瞳《ひとみ》は一体なにを見つめているのか。思い当たることはなにもなくて、それ以上にあまりに高遠のことを知らない自分に気づけば、愕然《がくぜん》としてしまう。

(だめだよな……)

ちくちくと、喉《のど》の奥に小さな棘《とげ》が刺さったような感覚が抜《ぬ》けきれず、希は深く吐息した。

叔父たちと高遠の気安い様子であるとかが気になってしまうことは、今までもあったのだ。けれど、それはあくまで付き合った年数の違いや、世代の違いを理由にするものだと、希自身受け止めていた。

そもそも彼らがどういう知り合いであるのかさえ、希は知らない。学生時代からとは言うものの、年代的に高遠は玲二や義一と同じ学校に在学していたとは考えられないし、またそれぞれの雰囲気《ふんいき》もあまりに違いすぎる。

それなのに、あの大人三人がそこにいると、とても自然で馴染《なじ》んでいて、それだけにどうしても入り込めない空気を感じる。

以前には、そんなことは気にもならなかった。全体に、ひとに対しての興味自体が薄《うす》く浅いものであったからだ。

けれど今、高遠にまつわるすべての人間に、嫉妬《しっと》めいたものを覚えてしまう自分がいる。それが叔父に対してまでというあたり、いい加減重症だとも思うけれど。

(信符は連絡《れんらく》するって言ったんでしょ。約束破るようなヤツじゃないって)

埒もないこととわかっていて、玲二が「当然のこと」と高遠の人となりを語るたび、いつからか苦しくなった。どうせ自分はそんなことも知らないと、いじけた考えまで浮《う》かんでしまいそうで。

(どうして、信じられるんだろう)

当たり前のように言い切った、そんな口調にさえ、悔《くや》しさがこみ上げる。

無条件の信頼《しんらい》、そうしたものを彼らの間に見つけるたび、どうしようもない嫉妬と自分の未熟さに希は打ちのめされた。

似ているねと言われるたび、玲二と比べて見られるようで、とても嫌《いや》だった。

それはあの、穏和でやさしい叔父に比べ、ひととして魅力《みりょく》的に思えない自分を惨《みじ》めにも感じてしまうせいでもあり、また小さくため息が零《こぼ》れる。

「ばかみたいだ……」

呟《つぶや》き、わかっていると胸の中で繰《く》り返した。

気になるのなら、訊《き》いてしまえばいいことだとも思う。しかし、詮索《せんさく》めいたそれを高遠が不快に思わないという保証もなく、結局こうして膝《ひざ》を抱《かか》えたままなのだ。

思いがけず、好きだとも言ってもらえて、大事にしてもらっていると思う、それなのに。

贅沢《ぜいたく》に、不安なんだろう。

遊んでくれればいい。気が向いた時にちょっとかまってくれるだけでも。

そんな風に思い詰《つ》め、諦《あきら》めながらも背中を追い続けていたあの時期の苦さは、どうあっても希の胸を去っていかないままらしい。

希は正直なところ、大した取り柄《え》もない自分などに、なぜ高遠が付き合ってくれているのかが今ひとつわからないでいた。勢い、身体《からだ》で引きずられるようにして高遠の腕《うで》に溺《おぼ》れてきた関係は、激しいようでいて案外と、その輪郭《りんかく》をはっきりさせない。

ラブラブだ、などと玲二はからかったりもするけれども、その言葉がどうしても、これは照れのせいばかりでなく受け止めがたい。

(だって、わかんないんだ)

少しは、前向きになれたのだと思っていた。なにもかも諦めてばかりの自分が、はじめてひとを好きになって、それが困難であるからこそ、守りたい、貫《つらぬ》きたいとさえも思った。

けれどもやはり、そう簡単には人間、変われないようだ。

声さえ聞けない時間が長ければ、不安ばかりが増してしまうし、こんな風にひとに執着《しゅうちゃく》した経験もないから、それが正しいのかそうでないのかもわからないまま、自己嫌悪《けんお》に陥《おちい》ってしまう。

(なんでこんなに……)

好きになって、気持ちを確かめて。けれど物語のように「めでたしめでたし」と終わるわけにはいかない。進行形の恋愛《れんあい》は、未熟な希に荷が重くも感じられ、ため息ばかり零れていく。

そうして習い性のように「それはそれで、仕方ない」と呟きそうになる自分の嫌な諦めの良さは、成長どころか悪い方向に後退しているようで、あまり歓迎《かんげい》できるものではなかった。

結局、自信なんてなにもないのだ。できるだけ高遠の望むままにしていたくても、なにひとつできることもない。

そうして、どれほど努力しても、報《むく》われない気持ちがあることなど、もう知っている。

今は求められていても、いつか飽《あ》きられるかもしれない。疎《うと》まれるようになるかもしれない。

希にとっては本能的な恐怖《きょうふ》に似たその想像は、経験済みなだけにあまりに苦く、苦しいものだ。

前向きなのかいじましいのか希自身にもわからないが、母親との確執《かくしつ》から、希は自身がひとに求められることに極端《きょくたん》に慣れていない。

人の気持ちが恐《おそ》ろしいほどにあっさりと変わることを知りすぎている希には、潜在《せんざい》的な怯《おび》えがある。あっさりと拭《ぬぐ》い去るにはあまりに深い、苦い経験のもたらした傷は、いまだに膿《う》んだ痛みを与《あた》え続けている。

だからこそ、高遠の気配をほんの些細《ささい》なことでも見落としたくないと思った。

少しでも疎まれるようなことがないように、彼の気にいるように努めたいと思うそれが、トラウマから生まれるものだと自覚はしていても、そうそう性格は変えられない。

ならばそれはそれと、居直れる強さが欲しかった。

おそらくは仕事においても、高遠の仏頂面《ぶっちょうづら》と愛想《あいそ》のなさは変わることはないのだろう。それでも、彼は求められている。その確かな技量とセンスは、気まぐれな仕事ぶりを差し引いても人に欲されるものだろう。

それが誇らしくもあり、また――――希のように、自身においてなにをも確立されていない立場の人間には、羨《うらや》ましくも、妬《ねた》ましくもある。

そうしてまた、堂々巡《どうどうめぐ》りだ。なぜこんな自分に高遠がと、思考はその一点に留《とど》まり、ループしてしまう。

「だめじゃん、もう……」

それこそこんなに、うじうじと考え込んでいることこそ、あの直截《ちょくせつ》で案外短気な彼は、嫌《きら》うところだとわかっているのに。

「……会いたい、なあ」

顔を見れば、声を聞けば、多分それだけでなにもかも満たされる。

そしていっそこんな自分を、高遠のきつい声で叱《しか》り飛ばして欲しい。甘えたことを考えて、また希はぐずぐずと落ち込んだ。

(やだな……こんなの)

嫉妬も独占欲《どくせんよく》も、未熟な心には重すぎて、甘いばかりとはいかない感情を持て余しそうになる。

けれどそれこそが恋《こい》だから、厄介極《やっかいきわ》まりないのだ。

「――――…希、悪い！　休憩《きゅうけい》あがって」

「ん？」

ぐだぐだとしていれば、少しばかり慌《あわ》てた顔の塚本が顔を出す。片手で拝むようにした彼は口早に用件を告げた。

「今日、ライブ跳《は》ねても客があがってかねえの。ちょっとオーダーまわんないから、頼《たの》むわ」

「了解《りょうかい》、すぐ行くよ」

いっそ物思いを打ち切れてほっとした、と希は立ちあがる。

ドアを開けばもう、リベルタンゴは聞こえない。軽快なポップスアレンジのＢＧＭを耳にしながら、目が回るほどに忙《いそが》しいこの時間が好きだと希は思う。

立ち働いている間だけは、少なくともなにも考えないでいられるからだった。

＊　＊　＊

高遠からの連絡はないまま、八月も中盤《ちゅうばん》を回り、希の生活は相変わらずだった。

ツアー中盤に差し掛《か》かる八月の中旬《ちゅうじゅん》あたりからは、ついに電話さえもなくなって、希の落胆《らくたん》は深く、物思いも去らない。

無為《むい》な時間を潰《つぶ》すかのように３・１４と自宅を往復する日々が続いていたが、さすがに暗い顔で黙々《もくもく》と仕事をこなす希を見かねてか、義一から強引《ごういん》に「休め」との命令が出た。

「客商売だってことを忘れるようじゃ、駄目《だめ》だろう、希」

強く咎《とが》めはしないまま、それでもきっちりと釘《くぎ》を刺《さ》した義一には、うなだれてみせるほかにない。

実際、これというミスをしたわけではない。けれども、希の鬱々《うつうつ》とした雰囲気と、どこかしら尖《とが》った気配に、店内の空気はあまり喜ばしいものではなくなっているのも自覚している。

「頑張《がんば》るのはいいんだ。けどその、頑張ってます！　ってのが前面に出るようじゃ、まずいんだよ」

「……はい」

肩肘《かたひじ》を張ったところで、無理が見え見えの態度では雰囲気《ふんいき》も悪くなる。そうすっぱりと注意され、すみませんでしたと頭を下げれば、義一の大きな手が希の頭を摑《つか》んだ。

「いいから、休め。ちょっと二、三日、ぼけーっとしてこい。ちょうど、脳味噌《のうみそ》溶《と》かすにはいい陽気だ」

ぐりぐりと痛いほどに撫《な》でる手つきは情に溢《あふ》れていて、結局小言の形を取ったまま義一が気《き》遣《づか》っているのもわかるから、ほとほと申し訳なくなってしまった。

「すみません」

「いいから。ちゃんと休めよ。遊ぶ時は遊べ」

そうして、今日は上がれと強引に言われ、ぽっかりと空いてしまった時間をどうすればいいやらと途方《とほう》に暮れつつ、希は帰途についた。

ああまできっぱりと言われた以上、店には顔も出せない。さりとて、休むといってもなにをすればいいのやら、と思っていた希の許《もと》に、タイミングよく電話をかけてきたのは高校の友人だった。

休みの前から「遊ぼう」と誘《さそ》われてはいたのだが、バイトがあると断り続けていた。付き合いが悪いと膨《ふく》れられていたため、申し訳なくも感じていた相手だった。

『おひさー。雪下、元気？』

「ああ、久しぶり……鷹藤《たかふじ》は？」

『んだよ、なんか辛気《しんき》くせー声出してんじゃん』

「そんなことないよ」

鷹藤の無遠慮《ぶえんりよ》で邪気《じやき》のない声に、思わず笑いが零《こぼ》れた。そして、ひどくほっとしている自分にふと、希は首を傾《かし》げる。

（あ………、そうか）

このところ、希の周囲はといえばきりきりとした自分に気を遣うあまり、腫《は》れ物に触《さわ》るような雰囲気があったのだ。彼らは一様に大人で、多少のことは見逃《みのが》してくれるけれども、そのぎこちない態度はやはり、心地《ここち》よいものではない。

それらを肌《はだ》に感じていた希も周囲もお互《たが》い、気づかないうちに少しずつ疲労《ひろう》してもいたのだろう。

（だめだなあ……）

今さらに気づいて、義一の『休め』という言葉の意味をもう一度嚙《か》みしめていれば、鷹藤は学校にいる時と変わらず、自分のペースで話し出す。

『なあなあ、明日暇《ひま》?』

「え? あ……うん」

うっかりと頷《うなず》けば、背後で歓声《かんせい》が上がるのが聞こえた。どうやら、年中つるんでいる内川《うちかわ》に叶野《かのう》もいるらしい。

「みんないるの?」

『いるよー。代わる? おーい、うっちー、内川!』

けろりとした邪気のない声で鷹藤が叫《さけ》べば、案の定「うっちー言うな!」と内川が怒鳴《どな》っている。相変わらずのやりとりに笑《え》みを誘われつつ、希もつい悪のりした。

「あ、うっちー?」

『やめろっつの!』

開口一番、彼が最も嫌《いや》がる愛称《あいしょう》を口にすると、きつい声が受話器越《ご》しに吠《ほ》えてくる。

少し前放映していたドラマで同じ愛称の登場人物が出たのだが、そのあまりに馬鹿《ばか》っぽいキャラクターを連想させるせいか、クールを売りにする内川はひどくこれを嫌がるのだ。

『雪下までそういうこと言うなよっ』

「ごめんごめん」

喉奥《のどおく》で笑いながら謝り、それでもこんな会話をできる自分がいることを思い出して、希は少しだけほっとする。

相手が嫌がることを、からかい混じりに口にするなどと、以前ではあり得なかったことだ。それだけ、お互いに気を許している証拠《しょうこ》のようで、なんだかくすぐったい嬉《うれ》しさを噛みしめていれば、受話器の向こうからユニゾンで『うーっちー！　うーっちー！』というコールがかかる。

『てめーら、この………！』

鷹藤と叶野へなにか叫んでいる内川の声ももう聞き取れなくて、希はひたすら笑い続けた。普段《ふだん》物事に動じない内川が、この件にだけ過剰《かじょう》反応するものだから、皆面白《みなおもしろ》くて仕方ないらしい。

(内川でも、ムキになるんだなあ)

普段、落ち着いていると言われる希だけれど、実際には内川の方がよほど大人びて、冷静だと思う。それだけに、そんな彼が取り乱すさまは、彼も所詮《しょせん》はまだ子供なのだと知らされるようで、少しばかり安堵《あんど》の混じった親しみを感じた。

「あー……おっかしー」

『笑うなっ』

久々に、声を出して笑った気がすると気づけば、少しばかりせつなくもあるけれど、随分《ずいぶん》と肩が軽くなった気がした。

中学から同じで仲の良い三人は、いずれも物怖《ものお》じせず溌剌《はつらつ》としていて、その明るい声を聞くだけでも、気分が浮揚《ふよう》する。

そうして散々内川をからかい倒《たお》し怒《おこ》らせて、話が脱線《だっせん》した後、代わる代わる電話口に出た彼らに誘われ、翌日は渋谷《しぶや》に出向くことになった。

「横浜でいいじゃん、なんで東京まで出るんだよ」

『いいからさー、行こうって』

鷹藤の軽い口調に、どうやら目的はナンパかそれに近いものであるだろうとは察したが、あまりの勢いに押され、断ることは希には不可能だった。

「しょうがないな、もう……わかったよ」

『いえーっす！　んじゃ明日、あれな、京浜東北《けいひんとうほく》の――』

吐息《といき》混じり、不承不承と返答しても、聞いている様子もない。待ち合わせ場所も強引に決められ、もういっそそのマイペースさが可笑《おか》しくなって電話を切ると、ふと振《ふ》り返った玲二と目が合った。

「……なに？」

「信符から電話？」

唐突《とうとつ》な問いになぜだと返せば、「顔が笑ってるから」と玲二は肩を竦《すく》めてみせる。その芝居《しばい》がかったポーズに苦笑《くしょう》しながら、希は久しぶりに自然と叔父《おじ》の顔を見ている自分にも気づいた。

「違《ちが》うよ……学校の友達」

「あれ、……なんだそうなの？」

ごめん、となぜか眉《まゆ》を下げた玲二に、気にしないでと首を振った。

そして胸の中で、こっちこそと呟《つぶや》く。

（……ごめんね）

いつだって玲二は希を気にかけてくれている。それこそ自分の生活よりも優先して、それでもそれを押しつけがましくはなく、自由に息が出来るようにしてくれているのに。

くだらない嫉妬《しっと》で斜《なな》めに見ていた自分が、ひどく恥《は》ずかしかった。

「まあ、だから明日、ごはん外だと思うから」

「了解《りょうかい》しました。ゆっくり遊んでおいで」

軽く頭を叩《たた》かれて、玲二の手は義一のものと比べれば遥《はる》かに細いものなのに、不思議と感《かん》触《しょく》が似ているとも思う。

希を慈《いつく》しむその手の持ち主に、はにかんだ笑みは自然と浮《う》かぶ。

返された表情は、いつもと変わらない、玲二のやわらかな眼差《まなざ》しだった。

（大丈夫《だいじょうぶ》……だよ）

殻《から》を破ったばかりの情緒《じょうしょ》は脆《もろ》くて、揺《ゆ》れ続ける感情だとか関係の不安定さであるとか、厄介《やっかい》なあれこれを少しだけ持て余す。それでも信じたいと、強く感じることこそが、揺らぎの証明だとはまだ希は気づけない。

そうして、ほんのわずかに自分を見失う瞬間《しゅんかん》を、魔《ま》が差すと言うのだろう。

えてして、嵐《あらし》の種というのはそんな時間を見計らったようにして訪《おとず》れる。

緩《ゆる》んだ地面から、根こそぎ大事ななにかをさらって、粉々に壊《こわ》すために。

＊　＊　＊

翌日は冗談《じょうだん》のように晴れ渡《わた》り、京浜東北線の車内は希たちに同じく夏休みらしい、はしゃぐ学生たちの声が耳に痛い。

「ちょっとさあ、なんでこんな混んでんだよ」

「知るかよ。っつか午前中に行こうつったのに遅刻《ちこく》したの誰《だれ》だよ」

ぶつくさと零《こぼ》した鷹藤に、クールな内川の声が被《かぶ》さる。昨夜の怒《いか》りを引きずっているらしく、朝から機嫌《きげん》が悪かった。どうやら昨日は皆で鷹藤の家に泊《と》まっていたようだが、その間中あの「うっちー」コールだったらしい。

「ていうか寝《ね》てる人間蹴《け》るかよおまえも……あーもー、腰《こし》いってえ」

「叩いても起きないんだから蹴り落とすしかねえだろ」

ベッドから引きずり落とされた鷹藤が膨れるが、内川はにべもない。人いきれで蒸した車内の温度さえ下げるようなその冷淡《れいたん》な響《ひび》きに、希は苦笑した。

「まあ、いいじゃん。別になにか予定があるんじゃないし」

「雪下、甘いよ……おまえが一番待《ま》ってたじゃん」

真面目《まじめ》な内川はきりきりと眉を吊り上げるが、言葉通りなにかタイムスケジュールがあるわけでなし、構わないだろうと希は首を振る。

弱冷房《じゃくれいぼう》のために天井《てんじょう》の扇風機《せんぷうき》はぬるい風を送り続けているが、焼け石に水といったところで、粘《ねば》ついた肌の不快感はよけいに友人を苛立《いらだ》たせているようだ。

「行きがけからケンカすることないって」

「けどさ……」

気が収まらない、と眉を顰《ひそ》めた内川に手を焼いていれば、我関せずとそっぽを向いていた叶野が突然《とつぜん》声をあげる。

「あーっ‼」

「バカてめ、なんだよ！　大声出すなよ！」

「だ、だってあれ……」

叫んだ叶野の口を、内川と鷹藤が同時に押さえる。ケンカしてても妙《みょう》なところだけ息があってるなあ、と感心した希は、なんの気なしにふっと顔を巡《めぐ》らせる。

そうして、引きつった顔をしたまま指さした叶野の視線の先を辿《たど》り、希は凍《こお》り付いた。

「うわあああ、嘘《うそ》だ、嘘だ俺のナツミが……っ」

「タコ。なにかと思ったじゃねえかよ」

「誰が俺のだ、誰が」

そこにあったのは、空調の風にゆらゆらと揺れる、本日発売の写真週刊誌の車内つり広告。

イエローとオレンジをベースに、黒枠《くろわく》で強調された中には、その週刊誌の最大の売りである、下世話な芸能ゴシップの見出しがある。

（……うそ）

すうっと、血の気が下がるのが自分でもわかった。小刻みに指先が震《ふる》えはじめ、希の頬《ほお》からは夏の火照《ほて》りを帯びていた赤みが一瞬で消え失《う》せる。

『――熱愛発覚――市原菜摘（16）Ｕｎｂａｌａｎｃｅな関係!?　深夜のホテルで密会を激写!!』

ゴシック文字の見出しには、かつて希が在籍《ざいせき》したアイドルグループのメインボーカルである菜摘の名が大きく取り上げられていた。

そうして、その端《はし》に、数倍小さな文字でさりげなく添《そ》えられた一文が、希を総毛立たせる。

『気になるお相手はツアー参加のバンドマン、高遠氏（27）か!?』

呆然《ぼうぜん》と目を瞠《みは》った希には気づかないまま、どうやら菜摘のファンであったらしい叶野の叫《さけ》びがわんわんと耳を通り抜《ぬ》ける。

「ショックだ……誰か嘘だって言えー!!」

「うるせっつの！」

そうして、それらの言葉もすべて、既《すで》に希の中では意味をなさない。

ふわり、とぬるい風が額を撫《な》でて、頬に伝《つた》った自分の雫《しずく》にただ、震えの来るような悪寒《おかん》を知る。

「うそだよね……？」

掠《かす》れきった声で呟く希の声は、誰にも届かない。そうして、その問いに答えるものもない。

ただ、汗《あせ》の滲《し》みたシャツが、やけに不愉快《ふゆかい》だと、そればかりが気になった。

その後、どこをどうやって、家に帰り着いたのだかわからなかった。その日なにをしたのか、どんな会話をしたのかさえ、希にはまったく思い出せなかった。

「あ、おかえり、のぞ……」

ただ、玄関《げんかん》を開ければそこには玲二がいて、いつものように声をかけられた瞬間に、痺《しび》れきっていた神経がふっと、緩んだことだけがわかった。

「……いちゃん」

一日、普段《ふだん》通りに振る舞《ま》えていたと思う。帰り際《ぎわ》、鷹藤たちはなにも気づいた様子はなかったし、別段不審《ふしん》がった風でもなかった。

鋭《するど》い内川だけは反応の鈍《にぶ》い希を気にしてはいたが、暑さのせいだと言い訳してしまえば納得《なっとく》されて、却《かえ》って呼び出して悪かったと、そんな風に言われてしまって。

「……なに、どうした？」

笑えていたと思う。まっすぐに友人の顔を見られなくても。

「これ……」

「ん？」

わめく叶野が面白《おもしろ》いのか、鷹藤と内川は電車を降りるなり、問題の週刊誌を購入《こうにゅう》した。今、玲二に差し出す震える手に握《にぎ》りしめていたのは、帰り際さりげなさを装《よそお》って貰《もら》い受けてきた雑誌だ。

「なに、週刊誌？　なんでこんなの……」

ぼんやりと白んだ思考の中で、訝《いぶか》しむ玲二の表情が見出しを見るなり、歪《ゆが》むのがわかった。

そうしてゆっくりと叔父《おじ》の細い指は、希の手を取る。

雑誌を受け渡した瞬間、肩《かた》にかかっていたひどく重いものが、一気に滑《すべ》り落ちたような気がした。そうしてまた、そんな嫌《いや》なものを玲二に共有させようとした自分にも嫌気がさす。

「……なにこれ」

はらりと、わけもわからないままに薄《うす》っぺらい雑誌を捲《めく》った玲二が、瞬間顔色をなくす。きれいな二重《ふたえ》の瞳《ひとみ》が見開かれ、その険しい表情を、やはり希は茫洋《ぼうよう》とした視線で見つめるだけだ。

「玲ちゃんも……知らなかった？」

「知らない、知ってるわけないだろ、ちょっ……信符!?」

ざっと記事に目を通すなり、玲二は血相を変えて部屋の奥に戻《もど》っていく。程《ほど》なく聞こえてきた叫びに、電話の相手は義一だと知れた。

「ちょっと、義一っちゃんこれなに、どうなってるわけ！　あ？　なんの話じゃないよ！」

（……疲《つか》れたなあ）

もう靴《くつ》を脱《ぬ》ぐ気力もなく、ぺたりと希はその場に座り込む。どっとのし掛《か》かる疲労感《ひろうかん》に、身体中の筋肉が弛緩《しかん》しきっているのがわかった。

「信符がさ、だから……っ、Ｕｎｂａｌａｎｃｅの子とすっぱ抜かれて……え、ガセ？　そう思うよ、思うけどこれF誌だから、許可取らないのは載《の》せないんだってば！」

玲二の叫びが遠い。ぼうっとしたまま見上げた天井は蛍光灯《けいこうとう》の明かりがひどく白々として見えて、夏だというのに嫌な肌寒《はださむ》さを感じた希はその場で膝《ひざ》を抱《かか》えた。

たった今、玲二が言ったように、このスキャンダル専門誌は事務所関係の許可を取らない記事は決して扱《あつか》わない。以前、無許可でとある芸能人の不倫《ふりん》問題を掲載《けいさい》した折りに、暴力沙汰《ぼうりょくざた》と裁判で大変な目にあったからだ。

それらの事実は、妙に世情に聡《さと》い内川が教えてくれて、それは嘆《なげ》きわめく叶野を面白がっていじめていたせいであるのだけれども、傍《かたわ》らの希は静かに傷ついていた。

（だから、こうやって載せたってことは、事務所的にも否定できない『なにか』があったってことじゃん？）

見開きの画像の悪いモノクロ写真は、正直、誰と誰なのかなどと、希にはわからなかった。ただ、あおり言葉の多い記事の中に、高遠の経歴と年齢《ねんれい》、細々としたプロフィールが添えられていて、鷹藤が読み上げたそれは、希にはまったく初耳のものばかりだった。

（ええと高遠信符——業界では有望株の若手サックスプレイヤー。T音大に進むが中退、十九歳の折りに単身渡米《とべい》し、帰国の後には——————などのレコーディングにも参加………昨年夏のJAPANジャズフェスティバルには、海外アーティストとも共演……って、結構すげえじゃん）

（つうか背ぇでかそー……結構男前っぽくね？　顔も才能もあるってか。やだねー）

誰よりも近い位置にいるはずの相手のことを、こうして他人事のように知らされる状況《じょうきょう》があまりに皮肉で、それ以上に、そんなこともなにもかも、どうでもいいと思っていた自分を知った。

高遠のあの才能にも憧《あこが》れたけれど、それは他人が下した評価や評判など関係なかった。知らなかった。

ただ希の耳に届いた高遠の音楽に、打ち震えるほどに感動しただけだ。

そうして、冷たいような端整《たんせい》な横顔と、甘く低い声と、時に意地悪だったりやさしかったりする、ただ生身の男としての高遠を、好きでいただけなのに。

今こうして、メディアに載せられてしまった彼は、まるで別人のようで遠くて、本当に今まで自分が知っていた高遠なのか、それさえ希には理解できない。

おまけにその記事中では、高遠が今回メンバーに推《お》されたのは、菜摘のごり押しがあったせいだとも語られ、希にはいよいよなにがなんだかわからなくなった。

別人と否定したくとも、ホテル前、小さな菜摘の肩を抱《だ》くようにして歩く広い背中には、覚えがある。モノクロ写真に写る肩のライン、その見慣れた形のコートの、本当の色を希は知っている。

この背中に爪《つめ》を立てたのは、ほんの二週間前のことだった。やわらかく抱きしめられて、唇《くちびる》を合わせた瞬間《しゅんかん》の手のひらの感触《かんしょく》さえ、まだ忘れていないのに——この粒子《りゅうし》の粗《あら》い写真の中、あの日と同じように、別の相手の身体《からだ》に触《ふ》れる高遠がいる。

（だってそんな……話題作りのための嘘かも……）

（そんなんだったら、こんな危ない橋渡《わた》んないだろ。Ｕｎｂａｌａｎｃｅは別に話題に困ってないし、ナツミって健全系が売りだし、恋愛《れんあい》スキャンダルはマイナスでしかねえじゃん）

（ええー……じゃあ、まじかよ……）

夕飯のハンバーガーにかぶりつきながら、したり顔で言っていた友人の言葉を、結果的には玲二の反応が証明してしまっている。

「なんか事情聞いてない!?　っていうかそっちにも全然アクセスなし!?　携帯《けいたい》は！　切ってるだ!?　うあもう、つっかえねええ！」

そうしてまた、希が一番にショックなのは――嘘《うそ》だ、と呟《つぶや》きつつ心のどこかで「やはり」と思ってしまっている自分がいることだった。

「もういいから、とにかくどうでも信符捕《つか》まえてってば！　どうやって？　そんなもんアンタが考えろ！」

玲二は必死で、状況を知らせろとわめいているけれど、実際のところこれは、きっかけに過ぎないのだと希には思えた。

高遠を、結局は信じ切れていない。それを実感してしまったことが一番、悲しいのだ。

希を通して、どこか懐《なつ》かしいものを見る、あの眼差《まなざ》し。

毒々しい見出しの写真週刊誌。

そうして、やはりどうしても――愛される自信のない、自分というもの。

本当なら今、こんな風に膝を抱えてうずくまるより、勇気を出して問えばいい。あんな話は嘘だよねと、電話して、もしも繋《つな》がらないならメールのひとつでも、打てばいいのだ。なのに、なにひとつできなかった。怖《こわ》くて聞けなかった。憤《いきどお》りも狼狽《ろうばい》も、叔父に肩代《かたが》わりさせるようにしてうずくまり、ただ膝を抱えることしか。

そしてこの玄関先《げんかんさき》、今と同じように膝を抱えたあれは、春のことだ。

路上で見かけた高遠は、艶《なま》めかしいような女性と激しい口づけを交《か》わしていた。偶然《ぐうぜん》に通り掛かった希と目が合って、挑発《ちょうはつ》するように笑って、その翌日にはセクハラまがいの悪戯《いたずら》を仕《し》掛《か》けてくるからひどく、腹が立った。

強引《ごういん》に唇を奪《うば》われて、こんなことは彼女としろと、そう希がなじった瞬間の返答は、あまりに冷たく皮肉に満ちていた。

(――――……カノジョ？　別にそんなもの作った覚えはないけど)

忘れきれないのだ、結局は。あの冷ややかで情のない、一言が。

好きだと言われても、大事にされていると知っていても、どうしても。

今日だろうか、明日だろうか。今この瞬間にも、彼の心は離《はな》れていってしまったかもしれない。

そしてあの日の高遠の凍《こお》るような眼差しが、いつ自分に向けられるのかと、怯《おび》え続けていた。

そんなにもかもが、かつての傷つけられた記憶《きおく》と、希自身の弱さのせいだと知っている。

信じ切れない自分も、よくないと思う。

けれど目の前に、その怯え続けた事実を示唆《しさ》するものが、あまりに強烈《きょうれつ》な形で突然《とつぜん》に現れてしまっては、一体どうすればいいというのだろう。

「も……わかんない」

きっと早晩、玲二は高遠を捕まえるだろう。そうして、可愛《かわい》がっている甥《おい》のために弁明のひとつもしろと迫《せま》るだろうけれど、果たして望む答えなど、得られるのだろうか。

高遠と対峙《たいじ》して、その時自分がどんな顔をすればいいのかも、希にはさっぱりわからない。

慣れたうつろな笑《え》みを浮《う》かべるのが精一杯《せいいっぱい》の、惨《みじ》めな自分を思い描《えが》けば、胃の奥はしくしくと鈍《にぶ》く痛んだ。

じっとりと肌《はだ》が湿《しめ》って、それは滲《にじ》んだ嫌な汗《あせ》のせいかとも思っていたけれど、膝を抱えた玄《げん》関《かん》のドア越《ご》し、雨の匂《にお》いが忍《しの》び込んでくるのがわかった。

夏空を曇《くも》らせた暗雲はどろりと世界を取り巻き、やがて嵐《あらし》を呼ぶ。

塞《ふさ》ぎきった気分と似合いの天候に、なぜだか笑みさえこぼれて、希はしばらく動けずにいた。

＊　＊　＊

ワイドショーでは、高遠と菜摘の件を追いかける様子が放映されている。普段《ふだん》テレビなどろくに見ないくせをして、希はそのにぎにぎしい画面から目を離すことができなかった。

とはいえ、渦中《かちゅう》のアイドルを報道陣《ほうどうじん》にさらすほど事務所もバカではないようで、映し出されるのは今現在続行中のコンサートツアーの映像に、菜摘の事務所からの『高遠さんとは、いいお友達です』という型どおりのファックス。

テレビ局の手に渡《わた》るまで、回り巡《めぐ》ってきたものなのだろう。読みとりづらいほどドットのかすれた文面からは、なにも得られる事実はない。

週刊誌からはやや後《おく》れを取ったものの、スポーツ新聞各紙はこぞって熱愛報道を取り上げ、それをさらに掲載順位をつけたワイドショーのキャスターが解説する。

こうして眺《なが》めれば、互《たが》いに競合するからこそ、抜《ぬ》きんでることを許さないための情報の画一化は、奇妙《きみよう》なものだ。

『――……というわけで、Unbalanceの事務所サイドからは、やんわりとした否定があったと。どう思われます？　この件』

『とは言ってもですねえ、まあー……未成年でしょう？　いいお友達って、十歳以上離れた異性とですよ、こんな時間にホテルっていうのは』

したり顔で脂《あぶら》ぎった顔を顰《しか》める、業界の識者らしいコメンテーターの顔をぼんやりと眺めていれば、次の瞬間テレビの画面がぶつりと音を立てて消える。

「………よしなさい、もう」

ブラウン管の中にいた中年男より、なお厳しい表情の玲二はその手にリモコンを持っていた。

ぼうっとした表情のまま希がその顔を見上げると、眇《すが》めた瞳《ひとみ》は途端《とたん》に痛ましげに変わる。

「今日はシフトだったろ？……どうするの？」

「もう、そんな時間……？」

吐息《といき》しつつの叔父《おじ》に問えば、黙《だま》ったまま時計を指さされる。のろのろと立ちあがればひどく身体が怠《だる》くて、良くない傾向《けいこう》だ、と希は思った。

大した理由もない倦怠感《けんたいかん》と、微妙《びみょう》な胃の重苦しさ。意識より身体言語の方が明確に、希の心理を表している。

青白い顔には表情が浮かばない。どういう顔をしていいのかわからないからだ。

「希、寝《ね》てないんだろ？　休んだっていいよ」

それでも、玲二の言葉にはゆるく首を振《ふ》って、希はじんわりとこみ上げる嘔吐感《おうとかん》をこらえつつ、「行くよ」と告げた。

「今、休んじゃうと、なんか……だめな気がするんだ」

「希………」

わかってるから、と見上げた先、玲二の方がよほど具合が悪いような顔色をしている。

一晩経《た》って、時間帯は違《ちが》えど朝から同じ話題を繰《く》り返すワイドショーをぼんやり眺めた希が感じたことは、笑えるほどの現実感のなさだった。

（ちょっとやっぱり、普通じゃないよなあ）

はじめての恋人《こいびと》の浮気《うわき》が発覚するのに、のっけから写真週刊誌とワイドショーはないだろう。

話が大きすぎて、最初に受けた衝撃《しょうげき》が去った後にはただ、虚《むな》しいような可笑《おか》しさがこみ上げてきたのが実際だ。

「そんなに、心配しなくても平気だよ？」

薄《うす》く笑って、細い肩《かた》を怒《いか》らせている叔父にやんわりと告げれば、しかし玲二の怒《いか》りはさらに増したようだった。

「信符ももう……なに考えてんだか……っ」

昨晩、散々《さんざっ》ぱら義一を怒鳴《どな》りつけていた電話でも、高遠の所在は明らかにならなかった。玲二自身、あれこれとつてを辿《たど》っていたせいで、ろくろく寝ていないはずなのだ。

苛立《いらだ》たしさを表し、長い髪《かみ》を荒《あら》っぽく掻《か》きむしった叔父は、反応の鈍い希の代わりにというように、昨晩から怒りっぱなしだ。

当事者の希がいっそ冷静になるほどにストレートに怒りちらし、当然その矛先《ほこさき》は義一に向かっていたせいで、ほとほと困り果てた店長は後ほどこっそりと希に電話を寄越《よこ》した次第《しだい》だった。

『叔父バカが切れちまってるけど、おまえ平気？』

いつでもどんな局面でも、義一の穏《おだ》やかな声は変わらない。その動じない様子が、却《かえ》って今の希には救いで、まあなんとか、と答えることはできた。

『こっちも色々当たったんだけどな、どうも捕まんねえんだわ……』

義一はオーナー業の他に趣味《しゅみ》の副業として、探偵《たんてい》まがいのこともやっている。奇妙に顔が広く、各種の業界にも通じている彼の人脈を以《もっ》てしても、先ほどテレビで放映された以上の情報は手に入らなかったらしい。

玲二自身、その仕事に関《かか》わってもいて、むろん彼の方もあれこれと事情通に当たってみたようだが、結果は芳《かんば》しくなかった。

『どうもなあ、ただの色恋沙汰《いろこいざた》にしちゃ、今回厳しくて……ツアー中ってのもあんだろうけど』

おそらくは、Unbalanceの事務所サイドによって箝口令《かんこうれい》が敷《し》かれているのだろう。

そう告げながらも、義一は明らかに気乗りしないようだった。

『調べるのはそりゃ、やるけどね？　こういうのってさ。なんつうか……どっちにしろ当事者同士じゃなきゃカタ、つかないだろ。周りがヒートアップしたところでしゃあないんだって、玲二にも言ったんだけど、聞きゃしねえし』

「面倒《めんどう》かけて、……すみません。俺、いいって言ったんだけど……」

希がぼそぼそと告げれば、義一は苦笑混じりに「それはかまわないけど」と前置きして、告げた。

『あのさ。……実際の状況《じょうきょう》はどうこうとかって、俺はこの際関係ないと思うのね。玲二はおまえ絡《がら》みだもんでぶち切れて、まあちょっと見失ってるぽいけど。まあ俺的には正直……ガセの確率の方が高いと思ってるんだ』

そうしてもう一度、だけどおまえは平気か、と静かな声で問いかけてきた言葉に、希は言葉を詰《つ》まらせた。

『いいか？……責めてるんじゃ、ないよ。どっちにしたところで、あんな写真撮《と》られた間抜《まぬ》けな信符が悪いのは、そりゃ実際。希は、なにも悪くない。それだけは、わかってるね？』

「……はい」

長い沈黙《ちんもく》に、やわらげた声を出した義一の言葉は、いたわりを感じさせるだけに希にはつらかった。

『ただささ。……ただね。今回の件が本当であれそうでないのであれ、希の心中はどうしたって、穏やかじゃないとは思うけど……信じてやれる？　希は』

そこんとこが一番、問題だと思うけど。

さくりと痛いところを突《つ》かれて、希は今度こそ、声も出なかった。図星を指されるのは、それが真実であればあるほどに痛みを伴《ともな》い、口先だけの言い訳さえも出てこない。

「俺、――――…」

なにかを紡《つむ》ぎかけた唇《くちびる》は、そう呟《つぶや》いたきり無意味な開閉を繰り返し、かすかにあがった呼気だけを受話器越しに義一へと伝えた。

肌がひりひりと痛むほどの沈黙の後に、義一はゆっくりと穏やかな声で、今日は寝なさいと告げてくる。

『今はなにもわかんねえんだし。さっくり布団被《ふとんかぶ》って、寝ちまいな。寝らんねえなら、玲二の酒でも飲んじまえ』

未成年に飲酒を唆《そそのか》し、とにかく、考えるなよと念を押し、義一の電話はそれで終わった。

そうして結局、酒に逃《に》げるにも気分が乗らないまま、まんじりともしないで夜が明けたのだ。

着替《きが》えを済ませた希に、本当に大丈夫《だいじょうぶ》かと玲二が念を押す。

「平気。……玲ちゃんこそ、早く支度《したく》しなよ」

一緒《いっしょ》に出るんでしょう、と促《うなが》せば、玲二はやるせないような吐息をして、希の頭を抱《かか》え込んだ。

「平気だってば……」

ぎゅうぎゅうと言葉もないままに抱《だ》きしめられ、その守ろうとするような力に、希は少しだけ安堵《あんど》の息を吐《は》き――また、内心で小さく呟く。

(……ごめんね)

多分、この世の中で一番希を案じてくれているのは、玲二に違いない。そんな相手に、憶測《おくそく》だけで身勝手な嫉妬《しっと》を覚えたり、反発を感じていた自分がひどく、恥《は》ずかしい。

玲二の腕《うで》は自分と大差ないほどに細く、それでも包まれるような安寧《あんねい》をくれる。

このまま、いたわりだけをくれる相手に縋《すが》ってたゆたっていれば、きっと楽にはなれるだろう。

けれども、希はゆっくりと、やさしい叔父の薄い肩を押し返した。

「ね。……玲ちゃん、もう、いいから」

「希……?」

「もう、……高遠さんのこと、訊《き》いてまわらなくて、いいから」

言った途端《とたん》に悲しげな表情を浮《う》かべた玲二へ、どう言えば過干渉《かかんしょう》を責める言いぐさにならないだろうかと希は言葉を探す。

「心配、してくれるの、嬉《うれ》しいけど……うん、あのね」

俺の問題だからね、とどうにか告げて、だから甘やかさないでとぎこちなく、笑ってみせる。

「信符のこと、……信じてやれるの？」

案じる問いかけに、希はいっそ苦笑《くしょう》さえ浮かべ、正直に告げた。

「よく、……わかんない。それは。でも」

これ以上をひと任せにすることだけは、多分違うと、いくら未熟な希でもそれだけはわかっていると思う。

「でも、うん。……自分で、訊くから」

この叔父が、高遠との件を容認《ようにん》してはいても、実際のところは手放しとはいかないでいるのも、本当はわかっていた。彼が希に――玲二の言葉を借りるならば――手を出した、そのことは、ある意味高遠への玲二の信頼《しんらい》を裏切る部分もあったせいだろう。

「……そんなこと、できる？」

「それも、わかんないけど……」

そのくせ希の、どうあってもリスキーな部分を免れない恋愛《れんあい》に関し、玲二はあくまで飄々《ひょうひょう》として受け入れているように見せてくれていた。

その態度のすべてが、やはり希の心中を慮《おもんぱか》ってのことでしかないのだと知ったのは、今回の玲二のうろたえの激しさからだ。

義一は『叔父《おじ》バカ』と称《しょう》したけれども、昨晩の玲二のあの動揺《どうよう》は、そんな生やさしいものではなかったはずだと、希は臍《ほぞ》を嚙《か》む。

（……ごめんね、玲ちゃん）

今希の周囲にある人間関係の中で、最悪の状況だった希を知るのは玲二ひとりだ。

病院に放《ほう》り込むなりろくろく顔も見せなかった両親の代わりに、ばらばらだった希の破片をかき集めて、きれいな手でやさしくそれを整えてくれた、その道程は決して、緩《ゆる》やかなものではなかったはずだ。

自失していた希よりもきっと、傍《はた》で見ていた玲二の方が、その記憶《きおく》は生々しいのだろう。

昨晩、自分が玲二にどんな顔を見せていたのかは、今見つめた先の痛ましげな表情が教えてくれる。声が出せないでいたあの頃《ころ》のように、希がまた壊《こわ》れるのではないかと案じる玲二は、いっそ彼こそが傷ついているようにも思えた。

「でも、いいから、平気、……ううん。平気じゃ、ないんだけど」

肩《かた》を包むようにした、華奢《きゃしゃ》で長い玲二の指をそっと剝《は》がして、希は自分に言い聞かせるように、自分の問題だともう一度告げた。

スポイルされ続けてきた希を、玲二だけは手放すまいとしてくれている。そうと気づけただけでも、少しは成長したのだと思いたい。

そして。

「でもやっぱり、………俺は、俺が、高遠さん、好きだから」

眠《ねむ》れないまま考えて、延々とループするその中で、その気持ちだけは変わらないことがわかった。

だからこそ苦しいし、つらくもあるけれど、思えば高遠と出会ってこの方、平穏《へいおん》に彼を想える時間の方が少なかったかもしれない。

「まだ、ちょっとごちゃごちゃなんだけど。……待ってみる。それで」

皮肉さに微笑《ほほえ》んだ表情は、普段《ふだん》よりも希を大人びて見せた。玲二はその表情にかすかに困惑《こんわく》したように、そして少し寂《さび》しげに、吐息《といき》をする。

無言のまま髪《かみ》をくしゃくしゃとかき混ぜた叔父には、途切《とぎ》れた言葉の先はもう、伝わっているようだった。

それで——だめになった時にはきっと、この暖かい指が希を癒《いや》してくれるのだろう。

今までずっと、そうしてきたように。

「………んじゃ、出勤するか」

「ん」

それでも最後にぎゅっと、その手を握《にぎ》りしめてしまったのは、結局のところ傷つく用意など、希にはできていないせいでもある。

まして高遠の巻き起こす嵐《あらし》と来たら、毎度毎度激しくて、いつでも予想のつかないもので。

（それだけは、わかってるのに）

いつまでも翻弄《ほんろう》されるのだろう、彼を好きでいる限りは。

足を踏《ふ》み出した先には、いまだ去らない乱雲が立ちこめる空が見える。アスファルトに跳《は》ね返るノイズの強い雨音は、ざわつく胸の奥を表すように激しく、乱れていた。

＊　＊　＊

週末を迎《むか》えても止まない雨に、客足は見事に衰《おとろ》えた。いつもならば忙《せわ》しない店内も静まり返り、塚本の落としたため息がひどく響《ひび》く。

「……………暇《ひま》だなー………」

「聞こえるよ」

いつも忙《いそが》しいとぶつくさ言っているくせに、暇になればなったで持て余してしまうらしい。待機位置のカウンターに肘《ひじ》をついた塚本は、先ほどから同じ台詞《せりふ》を繰《く》り返している。

「店長、今日は早じまいとかしてくんねえかな」

「そういうわけにいかないんじゃない？」

しゃきっとしなよ、と苦笑して返し、手にしていたトレイで希は同僚《どうりょう》の腰《こし》を叩《たた》いた。なにするよ、と足をつつき返してくる塚本の反撃《はんげき》を笑って躱《かわ》しながら、笑えている自分を不思議にも思う。

週刊誌の記事が公表されて三日、相変わらず高遠からの連絡《れんらく》はない。

玲二にはああ言ったものの、日を追って不安感と、絶望は押し寄せてくる。

結局、弁明さえもする必要もないと思っているのだろうかとか、それともなにか理由があるのだろうかとか、相変わらずぐらぐらと情緒《じょうちょ》は揺《ゆ》れていた。

次第《しだい》に諦《あきら》めさえもこみ上げてきて、ここ数日はなんだか却《かえ》ってしらけたような冷静な気持ちでいた。そのくせに時折、突然《とつぜん》わけもなくびくびくとしてみたり、心理的にではなく息苦しさを感じてもいる。

「つうかもう、雨あがんねえかなあ……暑いしうざいし、蒸し蒸しするし」

かったるいよう、と呻《うめ》いてさらにだらだらする塚本は、ちらりと視線で店長室を眺《なが》めやる。

「……また揉《も》めてる？」

「みたい……」

怒声《どせい》こそ聞こえないものの、ドア越《ご》しの気配は義一と玲二がやり合っていることを如実《にょじつ》に伝えてくる。こっそりと声音《こわね》を落として囁《ささや》かれたそれには、責任を感じるだけに希も肩を落としてしまう。

（参ったな……）

玲二はもう、あれ以来高遠の件に関してなにも言わなくなった。希だけでなく義一にも『口を出しすぎだ』と釘《くぎ》を刺《さ》されてもいたようで、それであちらはあちらでなにやら揉めていた様子だった。

ただでさえ年中ぶつかりがちなふたりに、揉める火種を作ってしまったのは多少申し訳なくも思いつつ、既《すで》にことは希の一件から離《はな》れてしまっているのでどうしようもない。

また店長とチーフがそんな具合だから、長雨の鬱陶《うっとう》しさも手伝って、店内の様子もどこかしら暗い。

なにもかもが悪い方向に向かっているとしか思えず、希はもういっそこのまま、この落ち着かない感情が冷めるまで、連絡がない方がいいのかもしれないとさえ考えはじめている。

重いため息をそっと落としたところで、カウンター内部のブザーランプが点滅《てんめつ》した。地階にあるバーカウンターでは入店客の確認が難しいため、センサーとカメラで常時チェックしている。

モニターに映った映像は暗く、どうやら女性客ふたりであることしかわからない。塚本に目配せした希は、フロアの入り口に向かい、誘導《ゆうどう》に備えた。

「へえ、ここ？　いい店じゃない」

「そうかなあ……っていうか濡《ぬ》れたし、もう。遠いのになんでこんなとこまでさあ」

階段を下りてくる靴音《くつおと》、朗《ほが》らかなひとりの声に被《かぶ》さり、普段３・１４ではあまり聞くことのない、若く尖《とが》った声音が聞こえる。おそらく、友人に強引《ごういん》に引っ張られたというところだろうと思いつつ、希は慣れた動作で頭を下げた。

「いらっしゃいまっ……」

その瞬間《しゅんかん》、なぜかひやりと悪寒《おかん》が走る。流行のミュールを纏《まと》った四本の素足《すあし》の向こう、先ほどのモニターではチェックできなかった男物の靴先が視界に入ったせいだ。

（……うそ）

見覚えのあるそれに、じんわりと胃の奥が痛みを訴《うった》える。そうして、硬直《こうちょく》したままの希の背後から、塚本があげた上擦《うわず》った声が、まさかの事態を知らせた。

「え？　あ、あれ、高遠さん⁉」

「……ああ」

相変わらずの気取りのないシャツにジーンズ姿。見上げるほどに高い背丈《せたけ》の男が発した吐息混じりの低い声は、数週間ぶりに聞いても平坦《へいたん》で、色がない。

そのあまりにも変わらない響きに、希はさらに混乱し、そしてさらに続いた塚本の叫《さけ》びに、いよいよ顔色《がんしょく》をなくした。

「って、うそっ、……ナツミ⁉　ユウも⁉」

「――……なに呼び捨てにしてんのよ」

「まあまあ、菜摘」

がくがくとする顎《あご》を嚙《か》みしめ、ゆっくりと曲げたままだった腰をあげる。

（うそ……）

すらりと伸《の》びた美しい脚《あし》をショートパンツからさらした彼女は、衝撃《しょうげき》に青ざめたままの希を見つけ、艶《あで》やかに微笑んでみせる。

「……久しぶりね、希」

「柚……さん」

きりりとした面差《おもざ》しはあの頃《ころ》よりいっそうシャープになったようだ。むろん成熟した女性らしさは当時に比べるべくもないが、それでも聡明《そうめい》そうな印象は変わらない。

ショートヘアの涼《すず》しげな顔立ちをした水見柚は、メンバーの中では姉御肌《あねごはだ》で、当時リーダーだった古森《こもり》よりもある意味、メンバーには頼《たよ》りにされていた。

やわらかいハスキーボイスは、少女期から彼女の特徴《とくちょう》で、甘く気怠《けだる》いようなゆったりとした音色は、十九という年齢《ねんれい》以上に大人びた印象を与《あた》えている。

「なに、そんなにびっくりして。元気？」

「あ、………ええ、はい」

衒《てら》いなく笑いかけられ、どういう表情を浮《う》かべていいのかわからないままの希の耳に、柚のかすれて甘い声よりさらに強い、高く澄《す》み通った声が突《つ》き刺さる。

「――……やだ、アンタ生きてたんだ」

「っ！」

気のきつそうな、滑舌《かつぜつ》のよいそれは、当時から希が最も苦手としたものであり、またこの今、最も会いたくはない相手でもあった。

「菜摘！　あんたはもう、どうしてそうなの」

「なにがよぉ」

尖った言葉を窘《たしな》めた柚に、菜摘は鼻を鳴らしてみせる。さらりとセミロングの髪《かみ》が揺れて、肩《かた》についた水滴《すいてき》を払《はら》う指の先には毒々しいような青みを帯びたネイルが光った。

（最悪……）

我が儘《まま》で、勝ち気で、口の達者な菜摘はいつも、女王然としてその場に君臨する。きらきらと眩《まばゆ》く、その輝《かがや》きと同じほどの激しさできつい気性《きしよう》に、幼い希は散々泣かされた。

「ああもう……足濡れちゃったし、気持ち悪っ」

同じ色味を纏《まと》わせた細い指は、そのまま傍《かたわ》らの男の腕《うで》へと纏わった。

華奢《きやしや》なミュールを振《ふ》るように、無造作に素足のかかとをあげる。そんな大胆《だいたん》な仕草の中にも、見られることに慣れた人間特有の華《はな》やぎが感じられ、希は目を逸《そ》らした。

スレンダーで長身な柚は、どちらかといえば中性的なモデルめいた印象がある。けれど、菜摘の小柄《こがら》だがめりはりのついた健康的な身体《からだ》は、カジュアルコンシャスな衣服に包まれればいっそ生々しく、希はこみ上げてくる不快さを隠《かく》せそうになかった。

そうして俯《うつむ》いていれば、強《こわ》ばった横顔に、視線を感じた。

その長く逞《たくま》しい腕に菜摘を摑《つか》まらせた高遠は、言葉もなく突き刺すような眼差《まなざ》しで、ただ希を眺めている。

気づいた瞬間、胃の奥が燃えるように熱くなり、ついで背中を冷たい汗《あせ》が滑るのがわかった。

（なんで……!?）

考え得る限りの中で、最悪な状況《じようきよう》に、頭の中は真っ白だった。

なぜ自分がこんな、いたたまれない気分を味わう羽目《はめ》になるのかと、震《ふる》えはじめる腕を摑んで希は唇《くちびる》を嚙みしめる。

高遠にはまるで悪びれた様子もない。どころか、どこか不機嫌《ふきげん》な気配さえも纏わせたまま、菜摘が腕を絡《から》ませているのを許したまま、希をまるで観察でもするかのように眺めているだけだ。

直接に交《か》わす言葉もないまま、ただ、じっと。

その視線はどこか責めるような気配さえも感じられて、理由もなくただ、理不尽《りふじん》だと希は思った。

(もう、………やだ)

逃《に》げ出したい、と感じるままに、静かに足が動く。もう一瞬でもこの場にいたくなかった。

じりじりと後じさり、瞬《まばた》きも忘れたままに床《ゆか》を睨《にら》んでいた希は、小刻みにわなないた肩を不意に包んだ両手の存在に驚《おどろ》き、息を飲んだ。

「っ!………て、ん……」

「どうも、………いらっしゃいませ。お足下《あしもと》の悪い中ありがとうございます」

接客用の完璧《かんぺき》な笑《え》みを浮かべた義一は、軽く希を押しのけるふりで、自らの背中へと隠してしまう。突然《とつぜん》のことに驚き、退場のタイミングを失ったまま希はその場に立ちすくんだ。

「ただいまご案内しますので、少々お待ち下さい。………塚本、お席へ」

「あっ、はい!」

どうぞ、と大きな手のひらで席を勧《すす》めた義一に、柚はもの慣れた笑みで会釈《えしやく》し、菜摘はかすかに瞳《ひとみ》を眇《すが》める。そうして、見せつけるかのようにさらに強く、高遠へと腕を絡めてみせた。

「――……行こ？　高遠さん」

「行ってろ」

胸の膨《ふく》らみを押しつけるようにした少女をつれなく払って、高遠は笑んだままの義一へと向き直る。

「えぇー？」

「行くわよ、菜摘」

食い下がろうとした菜摘は、しかし高遠の冷たい一瞥《いちべつ》と柚の窘めに、唇を尖らせたまま渋々《しぶしぶ》ときびすを返した。

客もまばらな店内が、それでもざわりと浮き足立つ。それでもこの日の客層が常連に限られ、落ち着いた世代ばかりであるせいか、あからさまに騒《さわ》ぎ立てるものはない。

この大雨も多少は役に立っているようではあった。普段《ふだん》の客入りであれば、柚と菜摘、それに顔こそ知られていないものの高遠の取り合わせでは、パニックにもなりかねない。

心得た塚本が最も奥まった席へと彼女らを案内したのを見届け、義一は口を開いた。

「……久しぶりだな？」

「ああ。………雪下さんは？」

義一の背中越《ご》し、どうということもない会話を交わすふたりの気配が明らかに冷たいものを孕《はら》んでいると希は知る。

「雪下さんは、じゃねえよ。……おかげさまでこの熱帯夜に、ブリザードだ」

無理やり店長室に押し込んできた、とそこだけは声をひそめて、義一は告げる。しかしその言葉を、高遠は鼻白んだように叩《たた》き落とした。

「……俺がなにか?」

「しーのーぶー……」

ほとほと呆《あき》れたように吐息《といき》した義一の陰《かげ》で、希は一歩も動けない。ほんのかすか、指先を動かしただけでももう、自分がばらばらに壊《こわ》れてしまいそうで恐《おそ》ろしく、身じろぎすることさえもできなかったのだ。

「おまえ、さすがにフォローできんぞ俺も……」

「して貰《もら》うようなことはなんにもねえよ」

喉奥《のどおく》で低く笑った後、長い脚はきびすを返す。背を向けた男の表情を、希は一度も見ることができなかった。だからそこに浮かんだ色が、どのようなものだったのかはわからない。

希へと向けられる言葉もなにひとつなく、もう気にかけることさえ必要ないと言われたようで、希はじんわりと瞳が潤《うる》むのを感じた。

(これで……終わり?)

あまりにもひどい形での再会に、握《にぎ》りしめた拳《こぶし》に爪《つめ》が食い込む。希のことなど鼻も引っかけないような様子の高遠に、絶望感さえもこみ上げる。

「おい、信符!」

ただ、さすがに真声になった義一の呼びかけに、たった一言。

ってていった。

「………後で話す」

義一へ向けたのか、希への言葉かもわからないそれだけを告げて、高遠は菜摘の許《もと》へと向か

ってていった。

「んもー、おっそいよぉ」

席についた高遠へ向ける菜摘の弾《はじ》けるような声が、耳に突き刺《さ》さる。まるで殴《なぐ》られたかのような衝撃を受けて、希は傾《かし》いだ身体をどうにかカウンターの端《はし》で支えた。

「希………」

「すい、ませ………」

とりあえずこっちに来い、と腕を引いた義一に抗《あらが》えず、まろぶようにして希は店長室へと連れられる。

ドアを開けるなり、白くけぶるほどになった部屋の空気に思わず噎《む》せれば、煙《けむり》の発生源が見たこともないような不機嫌な顔で煙草《たばこ》をくわえていた。

窓際で目を眇めたまま、ひたすら煙草をふかす玲二を、一瞬《いっしゅん》だけ苦々しく眺《なが》めた義一は、重いため息をついて希を手近の椅子《いす》にかけさせる。

「あの、な。もうとにかく、今日は引っ込んでていいから」

接客は無理だろう、とトーンを落とした義一の背後から、場を凍《こお》り付かせるような低い声が被《かぶ》さった。

「………ていうより、帰るよ希」

「おい……」

神経質に顔を歪《ゆが》めた玲二の表情は、整っている分だけひどく恐ろしいものを感じさせる。鬼気迫《ききせま》るようなそれに、希は普段自分が機嫌を悪くするとなぜ、周囲があれだけ引きつった表情を浮《う》かべるのか分かった気がした。

(こんな顔、してるのかな……俺も)

余裕《よゆう》もなにもなく、切れ長の瞳を眇め、そこから発せられる視線に触《ふ》れれば肌《はだ》を切られるような、そんな瞳をしていると思った。

「早く着替《きが》えといで」

ねじり潰《つぶ》すようにして煙草を消した玲二は、この日制服に着替えてさえもいない。出勤するなり義一に呼ばれ、延々と口論を繰《く》り返していたせいでもあるのだろう。

「ちょっと待て、玲二、落ち着けって」

そうして、先ほどの義一の登場がなぜあれほどタイミングが良かったのかも理解する。カウンターの中にあったモニターに同じく、店長室にも数ヶ所に設置されたカメラからの映像が届けられ、店内の様子が一望できるようになっていた。

おそらくはあの顚末《てんまつ》を玲二もそのまま見ていたのだろう。微笑《ほほえ》みつつ、切れ長の瞳に青白い炎《ほのお》を噴《ふ》き上げるような怒《いか》りをたたえた玲二の表情は凄絶《せいぜつ》といってもいいほどで、希は息を飲む。

「おまえがそんなんじゃあ、希も余計混乱するだろう。なにいきり立ってんだよ」

「……大事な甥《おい》っ子弄《もてあそ》ばれて、平然としてられるわけないだろ」

地を這《は》うような玲二の声にも、弄ぶという言葉にも希は肩《かた》を震わせる。

「……っばか、もう……！」

強《こわ》ばった細いそれを抱《だ》きしめるようにして、舌打ちした義一はさすがに声を荒《あら》げた。

「決めつけんな！　まだ信符はなにも言ってねえだろ！」

「あの態度のどこに弁解の余地があるってわけ!?」

「だからなんでおまえはそう……！」

睨み合い、語調をきつくするふたりを眺めながら、希はどこか奇妙《きみょう》な感覚を味わっていた。

（……なんだろうなあ、これ）

自分を挟《はさ》んだ大人ふたりが、きつい言葉をぶつけ合っている。

「そうやってすぐかーっとなるの、よせって言ってるだろうが！　もうちょっと大局的にものを見ろよ！」

「あんたになにがわかるっての!?　希がここんとこ、どんな気持ちでいたと思うわけ！」

「だからっておまえが切れてどうすんだって俺は言ってんだよ！」

ことの発端《ほったん》は自分の話であったはずだけれど、気づけば希を置き去りにしたままエスカレートする感情の応酬《おうしゅう》。

（ああ、……そうか）

「――……父さんと、母さんみたい」

そっくりだ、と呟《つぶや》いた声はごく小さなものであったけれども、場に不似合いなほどの平静な

声と、どこかうつろな笑いは義一と玲二の口論を止めるには充分《じゅうぶん》だったらしい。

「……戻《もど》ります」

「希……？」

ゆっくりと立ちあがった希は、笑《え》みの形に歪んだ唇《くちびる》が引きつるのを感じながら、視界がすうっと狭《せま》くなるのを感じる。

「喧嘩《けんか》、するなら」

しらけたような気分が、希をどこまでも冷静にした。

引き戸を閉じるように、肌の内側と外側に厚い壁《かべ》ができあがる。誰《だれ》かの声が遠く、受け入れることのできない場所で聞こえても、希の中には届かなくなる。

「自分たちのことで、して下さい」

うるさいほど乱れていた心音はぴたりと収まり、その代わりに感覚のすべてが鈍《にぶ》く、摩耗《まもう》する。

代わりに、外へ向かうなにもかもはささくれ、尖《とが》っていく。

「……俺を、ダシにしないで」

目の前の大人たちへ向けた刃《やいば》は薄《うす》く脆《もろ》く、それだけに鋭《するど》い。

「希……」

吐息した義一が、なにを言いたいのかはわかっていた。

自分が、どれほどひどい八つ当たりをしたのかも。

声を発した瞬間には玲二が顔を歪めて、すぐに後悔《こうかい》はは じまったけれども、もう口にした言葉は戻らない。

見交《みか》わした視線でそれを知ったのだろう、結局義一の言葉は続かず、彼は静かに首を振《ふ》っただけだった。

「――――失礼、します」

一礼して、その場をあとにする。心と同じに閉じた扉《とびら》の向こうからは、ふたり同時のやるせないようなため息が聞こえた気がした。

「オーダー八番、あがりです。ミモザ、タンカレーにモスコもＯＫ」

背筋を伸《の》ばしたままフロアに戻れば、カウンター奥の厨房《ちゅうぼう》からサラダスティックとピザマルガリータを差し出す上総の姿があった。

「はいよ、って……」

「……それ、高遠さんの？」

「そうだけど……」

受け取ろうとした塚本に割り込み、低く告げる。話は終わったのか、と目顔で問うてくるのをきれいに無視して微笑むと、塚本の眉《まゆ》はかすかに顰《ひそ》められた。

「俺、持っていくから」

「あ、……そう？」

うっすらとした笑みを粧《は》いたままの希に、彼はやや戸惑《とまど》いつつもトレイを渡《わた》した。

普段《ふだん》から高遠が店に訪《おとず》れる折りには大抵《たいてい》希が接客していたけれど、このところ高遠の名を出すだけでも不機嫌《ふきげん》顔だった希の態度には、いささか引っ掛《か》かるものもあったのだろう。

訝《いぶか》るような視線を背中に感じつつも、希はそれをさらに無視した。反応のしようもなく、また既《すで》に、自分がなにをしているのかさえ、実のところよくわかっていなかったかもしれない。

ただ、突《つ》き動かされるままに慣れた手つきでトレイを片手にし、そのまま客席のフロアへと進む。

「……お待たせ致《いた》しました」

「あら」

慇懃《いんぎん》に目を伏《ふ》せ、挨拶《あいさつ》を述べた瞬間に嬉《うれ》しげに顔を上げたのは柚だった。

注文の品をテーブルへ置く指の動きも淀《よど》みなく、先ほどまでは震《ふる》えの止まらなかった身体《からだ》がまったく機械的に動いていることに可笑《おか》しささえ覚える。

「さっき引っ込んじゃって残念だったのよ。嬉しいな」

「お久しぶりです。お元気そうですね」

からりとした柚の含《ふく》みない言葉にも、希は慣れた笑みを浮かべてさえみせる。まじまじとそれを眺めた柚は、どこか感嘆《かんたん》を含んだ吐息《といき》を零《こぼ》した。

「男の子って、変わるわぁ……背もこーんなだし、声は低いし……ねえ、ほんとに希よね？」

まだそんな年ではないだろうに、なんだか年寄りめいた感慨《かんがい》を零す柚は、相変わらず気さくでやさしげだった。思わず、作り笑いではない表情が零れたのは彼女の持つ雰囲気《ふんいき》のせいだろう。

「そりゃ……七年経《た》ってるし。ていうか、よくわかりましたね」

「ふふ。まあね」

意味ありげに笑ってみせた柚は、手入れのされた爪先《つまさき》に似合いのスレンダーなグラスを取り上げる。

「ねえ、希もちょっと座らない？　久しぶりだし」

「え、いえ、それは」

仕事中なので、と苦笑《くしょう》を浮かべた希の耳に、先ほどから一切《いっさい》視界に入れようとしなかった人物の声が飛び込んできた。

「………こんなヤツ誘《さそ》うことないじゃん。柚ちゃんなに媚《こ》びてんのよ」

「菜摘っ」

きりきりと尖った声に、相変わらずだと希は内心ため息をつく。年上の柚に対しても怯《ひる》むとのない傍若無人《ぼうじゃくぶじん》さには、呆《あき》れるような気分にもなった。

しかしそれらを顔には出さないままやわらかに笑んで、「お久しぶり」と口に出せるのは、バイトを数ヶ月勤めたため身についた反射運動でしかない。

（スキルって、役に立つよな）

棘《とげ》のある態度にも臆《おく》さない希に、菜摘は一瞬《いっしゅん》意外そうに目を瞠《みは》る。それはそうだろう。幼い頃《ころ》、希はといえばこの小柄《こがら》な彼女とも背丈《せたけ》が変わらず、いつも泣かされてばかりだったのだ。

「……ふん」

鼻を鳴らして、菜摘は自分のグラスを手に取った。そうして一口飲み下すなり、またむっつりと顔を顰《しか》める。

「なにこれ、違《ちが》うわよ！」

「は？……オーダーですか？」

慌《あわ》てて手元の伝票を確認《かくにん》しても、手にしたミモザは注文品と一致《いっち》している。難癖《なんくせ》をつけるつもりかと一瞬身構えるより先、菜摘がまたわめき立てる。

「ただのオレンジジュースじゃない！」

「それは……」

きりきりと声を荒げた菜摘を見下ろしながら、しかし思うほどには不快にならない自分に気づいて、希は少しだけ驚《おどろ》いていた。

今ではもう、並んで立てば希の方が頭ひとつ以上高い。アルコールの入る場においての客あしらいも知っているし、こうしていればそこらにいる若い女の子となにも変わらない。

染《し》みついた苦手意識は拭《ぬぐ》えないものの、菜摘のつんけんとする態度だけにおいてみれば、却《かえ》って幼ささえ感じ取れるほどだ。

「――抜《ぬ》くように言っておいた」

ただその傍《かたわ》らに、低い声でぽつりと呟くこの男の存在さえなければ、笑みの下でこれほどまでの胸苦《むなぐる》しさを感じないでいられたろうと希は思う。

「え、なぁんでぇ!?」

「なんでじゃねえよ。未成年がなに言ってる」

平坦《へいたん》な声で切って捨てた高遠へ、ふて腐《くさ》れたように抗議《こうぎ》する菜摘のそれは、希への声音《こわね》とうって変わって甘さが混じった。

その糖度が高ければ高いほどに、希の胸にはえぐみを感じるまでの苦さがたまっていく。

「柚ちゃん飲んでるじゃん！」

「あたしは今月ハタチだもーん」

前祝い、とにやりと笑う柚は、まるで見せつけるようにモスコミュールを飲み干してみせる。

「……強いね」

「んふふ」

おかわりちょーだい、とグラスを振ってみせた柚へ苦笑して、それを幸いに希は場を辞そうとする。

「追加承りました。同じもので――」

「希」

けれど、伝票に書き込もうとした指が、たった一言で止まる。

上手に貼《は》り付けていた笑顔《えがお》が一瞬だけ引きつりそうになり、しかし軽く息を吸った希は、一度として見つめようとしなかった男の顔を、その時ようやくまっすぐに見た。

「……そちらもなにか、追加ございますか？」

長らく高遠には見せることのなかった営業用の笑みに、彼は一瞬鼻白んだように口を噤《つぐ》む。色の浅い瞳《ひとみ》にゆらりと不愉快《ふゆかい》さが滲《にじ》んだのを見て取れば、胃の奥がそれこそアルコールでも流し込んだようにかっとなる。

（なんなんだよ）

その瞬間、先ほどまでの傷ついたような気分よりも挑《いど》む気持ちの方が勝《まさ》るのを感じた。

自分の方が先にあんな態度を取ったくせに、なぜ今そんな眼差《まなざ》しで睨《にら》みつけてくるのだろう。そのきつい眼差しに怯むより、理不尽《りふじん》さを覚えた希は我知らず、同じような視線で高遠を睨み返していた。

「――ねえ、じゃあこれ一口ちょうだい」

「………バカかおまえは」

瞳を見交《みか》わしたのは一瞬で、それを破ったのもまた、無邪気《むじゃき》を装った菜摘の媚びた声だった。高遠の前にある、タンカレーのグラスに手を伸《の》ばした彼女へ一瞥《いちべつ》をくれた後、長い指はそれを奪《うば》い取る。

「やーん、けち！」

しなだれるように笑いながら、さらに腕《うで》を伸ばして高遠を追いかける菜摘を見ていられずに、希は軽く頭を下げてきびすを返した。

（自虐的《じぎゃく》だなあ……）

当てられにいったようだ、と散漫《さんまん》に思いながらカウンターにトレイを返し、追加オーダーを告げる。

「なあ、なんか長かったけどなに話したの？」

カウンターの向こうからミーハーに問いかけてきた上総に、希はもう取り繕《つくろ》うこともできない自分を知り、重い口を開いた。

「……ちょっと、………休憩《きゅうけい》していい？」

「うん？………どしたよ」

なんか気分悪いみたいだと、どうにか口にする時には、先ほどまでぴたりと止まっていた指先の震《ふる》えが、見て取れるほどになっていた。

「風邪《かぜ》じゃねえ？　ここんとこ雨ばっかだし、希疲《つか》れてるみたいだったし」

早く休んでこい、と心配げな表情を浮《う》かべた上総に、悪いねとぎこちなく笑ってみせるのが精一杯《せいいっぱい》だった。

そのまま休憩用の控《ひか》え室ではなく、洗面所へと希は駆《か》け込む。念のため清掃《せいそう》中の札まで出して、洗面台の蛇口《じゃぐち》を思い切り、ひねった。

「―――………っ」

激しい流水を手で掬《すく》い上げ、顔に叩《たた》きつけた瞬間、鼻の奥がひどく痛むような気がした。それでも、自分が泣いていることを意識さえしたくはなく、何度も何度も顔を洗う。

「ちく、しょ……っ」

ここ数日の暗鬱《あんうつ》とした気分など、今のそれに比べれば本当に甘いモノだったと希は思った。

この今、肺と胃の奥を突《つ》き刺《さ》す、焼けただれるような痛みの強烈《きょうれつ》さに、吐《は》き気さえもこみ上げてくる。

高遠がなにを考えているのか、もう本当にわからない。わからなくなった。一連のゴシップ騒《さわ》ぎだけでも充分《じゅうぶん》に希にはショックだったけれど、まさかその当の相手を連れて目の前に現れるなどと、さすがに予想もしていなかった。

「その程度、なんて……っ」

結局、自分も。あの日見つけたしなやかな肢体《したい》の女性たちと、扱《あつか》いは一緒《いっしょ》だったということだろうか。そうして相手が変わればあんな風に、冷たい目をして言うのだろうか。

ひとときの、遊びだったと。

「どうせ、遊びだって、それでいいって、思ってたじゃんか……っ」

鏡の向こう、赤くなり傷ついた色の隠《かく》せない瞳を見たくはなくて、なぎ払《はら》うように手のひらに掬った水をぶつける。歪《ゆが》む鏡像は却ってその涙《なみだ》をひどくしたようにも思えて、希は洗面台の端《はし》を摑《つか》んだ手が白くなるほどに力をこめた。

「俺なんか、……どうせって、ずっと、そう思って……」

呟《つぶや》き、自分に言い聞かせても、結局なんの覚悟《かくご》もできていなかったことを思い知らされるだけだった。本当に遊びだと諦《あきら》めていたのなら、今胸の中にわき起こる理不尽さと、傷ついた以上に強く感じる憤《いきどお》りの理由がわからない。

本当に高遠を信じていたのなら、流してしまえばいい。そうでなく割り切っていたというのなら、不当に思う理由もない。

そのどちらも選べないで、なにもかも半端《はんぱ》でしかない希にとっては、表面を取り繕うことだけが最後のプライドだった。

なんて、ちっぽけでみっともない。

「……………っ」

深く息を吸って落ち着こうにも、酸素さえもが肺に突き刺さるようでつらく、希は身体《からだ》を折って咳《せ》き込んだ。

そうしながら、だんだんばかばかしささえもこみ上げて、唇《くちびる》は皮肉に笑みを象《かたど》る。

「わかってたじゃん、ばかじゃん、俺……」

喉奥《のどおく》でひきつった笑いを漏《も》らし、ふと呟いた瞬間に、背後で温度の低い声が聞こえた。

「——…なにがだ？」

びくりと背中が跳《は》ねた後、振《ふ》り返ることもできない希の肩《かた》に、覚えのある大きな手のひらがかけられる。

「なにが、わかってたんだ？」

「な、ん、………ですか」

その瞬間《しゅんかん》、ぞっとした。すさまじい嫌悪感《けんおかん》に身を捩《よじ》り、歪んだ頬《ほお》と押し殺した低い声も誤魔《ごま》化《か》せないまま、希は震える唇を噛《か》む。

「別に……ひとりごと、です」

高遠に触《ふ》れられた手のひらの形に、肌《はだ》が粟立《あわだ》っていた。そんな反応を見せた自分にもショックを受けながら、側近《そば》くに立つ体温さえもわずらわしいと逃《に》げる細い身体は、背後からの長い両腕に捕《つか》まえられる。

「……っと、離《はな》し、て、ください！」

「なに、苛《いら》ついてる」

包み込むような抱擁《ほうよう》に、鳥肌はさらにひどくなった。ざあっと血の気が引いて、希の薄《うす》い皮膚《ふ》をそそけ立たせたそれが、至近距離《きょり》の彼にわからないはずもない。

「関係……っ、ない、です」

かすかに怪訝《けげん》そうな顔を見せた高遠の腕から逃《のが》れようと、希はさらに身を捩る。

「関係ないって顔じゃないだろうが」

「痛い……っ」

いつにない抗《あらが》いに焦《じ》れたように、長く強い指が顎《あご》を摑んだ。強情に目線を合わせないでいれば、頰に指が食い込むまでにきつく捕《と》らわれ、希はせめてもの抵抗《ていこう》と酷薄《こくはく》に映る顔立ちを睨みつける。

「上がりは何時だ」

「……訊《き》いてどうするんですか」

ぎりぎりと睨み合うような緊迫《きんぱく》した空気の中で、険のある言葉が応酬《おうしゅう》される。色浅い瞳に見下ろされる希はその迫力《はくりょく》に負けそうになる自分を知り、唇が切れそうなほどに嚙みしめた。

「話があるって言っただろうが」

「俺はありません」

眼球の奥が痛いと感じるほどに瞳に力を込《こ》め、瞬《まばた》きをしないままに膨《ふく》れあがる雫《しずく》を堪《こら》える。今日だけは、高遠の前で泣きたくなかった。涙のひとつも、傷ついたさまさえも一切《いっさい》、見せてやりたくなかった。

それでも、表面張力に負けた涙の膜は、丸い雫となって重力に逆らえずに零《こぼ》れていってしまう。

「……俺はあるんだよ」

精一杯の意地を張る、その赤らんだ瞳《ひとみ》になぜか、高遠が怯《ひる》んだ気配を見せた。言い捨てるようなそれもどこか、普段《ふだん》より力なく響《ひび》く。

（なんなんだよ……）

今さらこの男に、自分が見せた涙がなにかの感情をもたらすとも思えなかった希は、少しだけそれを意外に思う。

「もう、上がりにしろ」

「いやです。……大体、まだ、シフトの時間で」

それに、と希は暗い嗤《わら》いを口元に浮かび上がらせる。

「彼女たち、まだいるんでしょう。……ゆっくりされたらいかがですか？」

皮肉に歪んだそれを認め、一瞬不愉快《ふゆかい》そうに眉《まゆ》を顰《ひそ》めた男は、焦れたように舌打ちをする。

けるる。


「ちょっと……やだ、やだってば！」

強引《ごういん》に腕を取られ、引きずるようにして洗面所から連れ出された希は、じたばたともがき続ける。

「……っ、いいから来い！」

細い手首に食い込んだ高遠の指は強く、抗えないほどの力で希を連れ去ろうとする。

「冗談《じょうだん》……っ、離して、離せってば！」

従業員出口へと向かう高遠に半ば抱《かか》えられるようにして、それでも往生際《おうじょうぎわ》悪く希が足を踏《ふ》ん張っていれば、途中《とちゅう》で休憩に入ったらしい塚本と出くわした。

「あ、あれ？　高遠さ……」

「つかっ……ン――――!!」

ただごとではない気配に目を瞠《みは》った彼に、助けてくれと言うより先、大きな手のひらに口を塞《ふさ》がれる。

「こいつは上がりだ」

「うー、うーっ！」

ぶんぶんと首を振って見せても口にあてがわれた手のひらは外れず、なにがなんだか、と目を丸くした塚本はさすがに尋常《じんじょう》でない様子に気づいたようだった。

「はい？　え、でもまだ……」

「塚本」

しかし、なにごとか言いかけた塚本の言葉を塞ぐように、高遠はその剣呑《けんのん》な表情を隠そうともしないまま、高い位置にある顔を彼へと近づけた。

「上がりだ。後はおまえがなんとかしろ。保護者にも、そう言っとけ」

「……………は、い」

ただでさえ無駄《むだ》に圧迫感《あっぱくかん》の強いような高遠の、最高潮に不機嫌《ふきげん》そうな表情に抗えるものは、そうそういるものではないだろう。

案の定その迫力に飲まれてしまったように、ぐびりと喉を鳴らした塚本はうっかりと首肯《しゅこう》して、希は涙目をひどくする。

(根性《こんじょう》なし――――……っ！)

なじるようにその瞳を向けた先、塚本の顔には「逆らいたくありません」とでかでかと書いてあるのが見て取れて、希は絶望的な気分にさえなる。

「あ、あの、高遠さん、お連れの方は――――」

「勝手に帰せ！」

知ったことかと苛立《いらだ》った口調で言い捨て、高遠は希を引きずったまま、ずかずかとその長い脚《あし》を進めていく。

(なんでこうなるんだよ……っ)

いっそここで義一か玲二にでも見とがめられないものかと、一縷《いちる》の望みを託《たく》して振り返った希は、しかし先ほど叔父《おじ》に言い捨てた言葉を思い出せば、助けを求めることもできないと思う。

あの時、玲二に反抗《はんこう》したりせず、あのまま家に帰ればよかった。妙《みょう》な意地を張ったりしないで、逃げてしまえばよかった。押し寄せる後悔《こうかい》はすべて後ろ向きなものにしかならず、希はひどい疲労感《ひろうかん》を覚える。

「ちょっ……雨……！」

「うるさい」

そうして、連れ出された店の外には、見慣れた高遠の車があった。激しく地面を叩《たた》く雨はいまだ降り止まず、3・14からの短い移動距離の間にも、希の制服と高遠の身体《からだ》をぐっしょりと濡《ぬ》らしてしまう。

「なに、考えてるんですか……っ」

「……乗れ」

ここまで来れば既《すで》に抗うのも億劫《おっくう》で、助手席に放《ほう》り込まれるようにして座らされても、希は無言のままだった。

高遠も同じく無言のままで、滑《すべ》り出した車の中、ムキになったように希は高遠へと視線を投げることはしなかった。

連れて行かれる先がどこかとも、なにを話す気なのだとも、もう一切を問う気はなかった。

（なんだっていいよ……）

ただ投げやりな倦怠感《けんたいかん》に包まれたまま、濡れた冷たいシャツが貼《は》り付く感触《かんしょく》に覚えた悪寒《おかん》に
（玲ちゃん……）

肩を震《ふる》わせて、車窓を流れていく雨を睨《にら》むように見つめ続けた。

＊　＊　＊

高速のインターチェンジを越《こ》えるほどのかなりの長い移動の後、高遠の車が滑り込んだ地下駐車場《ちゅうしゃじょう》は、いつもの彼のマンションのものではなかった。

「降りろ」

端的《たんてき》な命令口調にむっとしながら動かないでいれば、そのままた乱暴に腕《うで》を取られる。ひんやりと湿《しめ》ったシャツにも、高遠の手のひらの熱さにも総毛だって、振《ふ》り払《はら》うようにして希は車を降りた。

「なに……ここ」

「見ればわかるだろうが」

そこは都内の有名なホテルで、とてもではないがこんな濡れ鼠《ねずみ》の、しかもギャルソン姿で入れるような場所ではない。

しかし、躊躇《ちゅうちょ》しているのは希ひとりで、腕を摑《つか》んだ高遠はそのままずかずかとロビーに向かっていく。

「お帰りなさいませ」

深夜といえど変わりなく慇懃《いんぎん》なホテルマンはそう言って高遠を迎《むか》え、連れである希の奇妙《きみょう》な風体にもひとつ瞬きをするのみだ。通常、客は寝静《ねしず》まっている時刻であるせいか、ホテルの中は閑散《かんさん》として、ベルボーイとフロント係以外に人気もない。

「早く来い」

「なん……っ」

チェックインはとうに済ませているのだろう、フロントを素通《すどお》りした高遠はそのままエレベーターホールに向かい、二十三階のボタンを押す。軽いGを感じた後に上昇《じょうしょう》した狭《せま》い箱の中では、大振りな鏡とホテル内のレストランの案内ポスターがある。

(………ひどい、格好)

濡れ鼠の自分が、淡《あわ》くオレンジがかった照明に照らされる。肌《はだ》を透《す》かすほどに濡れたシャツはすっかり着崩《きくず》れて、高遠のせいでしわくちゃになっている。

そんな見苦しい格好の上に顔色は悪く、浮《う》かぶ表情と来たらもっと最悪で、細い肩《かた》を自分の両手で抱《だ》いたまま、希は頑《かたく》なに目を伏《ふ》せた。

惨《みじ》めだ、とただそう思う。もうあの、闇雲《やみくも》な怒《いか》りも傷ついたからこその痛みも感じられず、冷えていく肌が震える。

ポン、と軽い音と共にドアが開かれ、泥水《どろみず》に濡れた靴先《くつさき》を踏み出すのがためらわれるほど、上質な絨毯《じゆうたん》を敷き詰《つ》めたフロアに降りる。

また無言で腕を引いた高遠に、既に抗《あらが》う気力もなく連行されていれば、肩先を怒らせた男はなぜか、深いため息をついた。

「―――…で?」

そうして、カードキーで部屋を開け、希を突《つ》き飛ばすように中に入れた瞬間《しゅんかん》彼が口にしたのはそれだけだ。

「で、って……なんですか」

挑戦《ちょうせん》的な物言いをやめられないまま希が目を逸《そ》らしていれば、自身の濡れたシャツを鬱陶《うっとう》しげに脱《ぬ》ぎながら、高遠は低い声を発する。

「なんか言いたいことがあるんじゃないのか」

「話があるのは、そっちじゃないんですか」

部屋の中は、数日は滞在《たいざい》していることを知らせるように雑然としていた。

彼の愛用する楽器や譜面《ふめん》、吸い散らかしたような煙草《たばこ》の存在を認め、どうやらここはツアー中の彼の宿であるようだ、と遅《おそ》まきながら希は気づく。

ふと巡《めぐ》らした視線の先には、ツイン用のベッドがあった。ベッドメイクは既に乱れ、生活感のないその部屋の中で高遠の気配を濃厚《のうこう》にしている煙草の香《かお》りと、アッパーシーツのよれた皺《しわ》にいやな想像をして顔が歪《ゆが》む。

もうこの部屋に、菜摘は入ったのだろうか。もしかすればあのベッドに、一緒《いっしょ》に寝《ね》そべることもしたのかもしれない。

（……吐《は》きそう）

考えただけで悪寒がひどくなり、ぶるりと震えた希へ向けて、高遠の平坦《へいたん》な声が投げつけられる。

「おまえは一体、なにをそうつんけんしてるわけだ」

呆《あき》れかえったようなそれに、一瞬で胃の奥が熱くなる。自分の瞳《ひとみ》がかっと見開かれ、異様なまでに力むのがわかって、希は肩を抱いていた手のひらで顔を覆《おお》った。

「さっきもなんだか、ぶつぶつ言ってたが……なにが、わかってるって？」

「……関係ないです」

それだけを言うにも、恐《おそ》ろしく気力が必要だった。立っているだけでもやっとの状態で、せめて平静を装《よそお》いたかった声音《こわね》は震え、かすれている。

「関係なくはないだろうが。……久しぶりに会ったかと思えば顔色はなくすし、かと思えば無視したあげくに睨みやがる」

「どっちがっ……！」

誰《だれ》の台詞《せりふ》だと思っているんだと、憤《いきどお》りも露《あら》わに顔を上げれば、億劫げに濡れた髪《かみ》をかき上げた高遠は、長い腕で立ちすくむ希を壁《かべ》に追いつめる。

「俺が、なんだ」

奇妙に平静な表情が、恐ろしかった。

息を飲んで逃《のが》れようとした希の頬《ほお》に、驚《おどろ》くほどに冷たい指が触《ふ》れる。いつもなら冷え切った頬に暖かいはずのそれは、しかしさらに希の肌を凍《こお》らせ、不快感を与《あた》えるばかりだった。

「……わらないで」

「希？」

がちがちと歯の根が嚙《か》み合わず、希は目を見開いたままに声を絞《しぼ》り出す。

怪訝《けげん》そうにひそめられたきれいな眉《まゆ》、低い声、あんなにも心地《ここち》よく甘かったそれらが今、嫌《けん》
悪感《おかん》を与えるばかりなのが信じられない。

（もう、やだ………っ）

なにもかも失ったことが、ただ悲しい。そう感じながらも、強《こわ》ばっていく身体のすべてで希
は高遠を拒《こば》んだ。

「ほか、他《ほか》の人触《さわ》った、手で、触るな……っ！」

頰を引きつらせ、両腕で必死に顔をかばうようにすれば、険しい気配を纏《まと》わせた高遠に両腕
を取られてしまう。

「……やっぱりそれか」

「やっぱりってな、なんだよ、触るな、触らないで……っ！」

がたがたと震えながらも、顔を覗《のぞ》き込んでくる高遠から必死に顔を逸らした。取られた腕を闇
雲に振り回せば、思ったよりもあっさりとその縛《いまし》めは解かれ、希は必死に高遠から距離《きょり》を取る。

「おまえ、まるっきり俺のこと、信じてねえな？」

呆れたようなその声に、身体中が炎《ほのお》になったかのような怒りを覚え、眩暈《めまい》を堪《こら》えながら希は
声を荒《あら》げた。

「なに信じろって言うわけ!?」

あんな写真を撮《と》られたあげくにほったらかされて、あげく見せつけるように店にまで彼女を

連れてきた。それで一体なにをどう信じていいのか、わかるわけがない。

「俺、言ったじゃないか……言ったのに……っ」

もうずっと以前、はじめてキスをされた日に、怯《おび》えながら震えながら、許してと言ったのに。

「他にいっぱい、いるなら、俺にはしないでって言ったのに……！」

それでも、逃《に》がさないと抱きしめられて、抗いきれず落とされて、泣きながらねだった告白をずっと――信じていたのに。

見苦しく歪んだ顔を見られたくないと、両腕で顔を覆った希は崩れ落ちそうな背中を壁に預ける。

「高遠さんには遊びでも、俺こんなの、……こんなのいやだ……」

疲《つか》れた、とただそう感じて、それでも今崩れてしまえば、この部屋から去ることさえもできそうにない。必死になって足を踏《ふ》みしめ、震《ふる》える喉《のど》からはそれでも、言葉が止まらない。

「遊ばれててもいいって、思ってたけど、やっぱりやだから……っ」

言うまい言うまいと、耐《た》え続けていたせいで、一度堰《せき》を切ったものは、止めどなく溢《あふ》れてしまう。

「……それで？」

促《うなが》す響《ひび》きは、一瞬だけやさしくやわらいだようにも聞こえた。

そこで、もう他の人と遊ばないでと告げられるほどに、強気であればよかったのだろうか。

しかしもう、希にはそんな気力もなく、目の前のふてぶてしい表情の男に自分がなにを訴《うった》えられるはずもないという、絶望感しか残っていなかった。

「……他のひとにして」

そうして迸《ほとばし》る、かすれきった声の哀願《あいがん》は、一度やわらいだはずの男の気配をさらに厳しくしただけだった。

「なに……？」

「遊ぶなら、他の人にして下さい。俺のことはもう……もう、かまわないで。ほっといて！」

目を伏せた希はその表情の変化さえも読みとることはできないまま、肩を震わせる。

「もう、……疲れた」

深く重いため息が、しんと静まった部屋に響いた。それは高遠のものでもあり、希のものでもある。憂鬱《ゆううつ》なそのユニゾンに、ぎりぎりまで張りつめた空気が震える。

ふたりのどちらかがささやかにでも動けば、なにもかもがばらばらになってしまうような、そんな緊迫感《きんぱくかん》を打ち破ったのはやはり、高遠の方だった。

「――……っ!?」

声もなく、わななないた腕《うで》を引かれ、濡《ぬ》れた身体《からだ》の倒《たお》れ込んだ先はあの、先ほど見たひとりには広すぎるようなベッドの上。

「なにすっ……」

「……じゃあ、いいんだな？」

知らない天井《てんじょう》、覚えのないベッド、四肢《しし》を磔《はりつけ》にされるようにして押さえ込まれながら、その力以上に高遠のきつい言葉が希を傷つけた。

「俺が、おまえ以外とこんなことしたって、かまわないわけだ」

「だ、……っ……て」

見上げる男は逆光にその影《かげ》を濃《こ》くして、険のある表情も強ばる気配も希を圧倒《あっとう》する。

平坦な声がひどく恐ろしく、それ以上に手首を締《し》め付ける高遠の指の強さが、彼の怒《いか》りの象《しょう》徴《ちょう》のようでたまらない。

（なんで……！）

向けられた憤りは、希には意味がわからない。ただ理不尽《りふじん》で、腹立たしいと感じるのに、瞳の奥に狡《ずる》さがないから、いたずらに混乱を招いてしまう。

「だってじゃねえよ」

「ちょ……っと、高遠さん、やだ……っ！」

抵抗《ていこう》を塞《ふさ》がれたまま、乱暴な所作で濡れたシャツを捲《まく》られた。いつものようにそろりと触れてくるのではなく、いきなり胸の先を抓《つね》られて、痛いと希は顔を顰《しか》める。

「や、痛い、やだってば、やだっ！」

「知るかよ」

首筋に嚙みつかれ、両脚《りょうあし》をばたつかせても高遠の答えはにべもない。そのまま、抵抗の動きさえも利用するように下肢《かし》の衣服だけを取り払《はら》われ、むき出しになった尻《しり》をきつく摑《つか》まれた。

「冷たい……っ……！」

雨に冷えた高遠の指は、氷のようだった。じっとりと濡れたギャルソンエプロンが脚に絡《から》みつき、抵抗もままならない希の声は悲鳴を孕《はら》んでかすれる。

「や……したくない、しない……っ」

「聞かないっつってんだろ」

「ん――……っ！」

うるさい、と手のひらで口を塞がれる。高遠が本気でこのまま行為《こうい》に及《およ》ぶつもりなのがわかり、希は衝撃《しょうげき》に目を瞠《みは》った。

「んんん！　んぐ、ん！」

口づけも、不慣れな希を怯えさせないようにするいつものやわらかな愛撫《あいぶ》もないまま、腰《こし》の奥になにか塗《ぬ》られた。信じられないと青ざめたままかぶりを振《ふ》っても、高遠はもう目も合わせてくれない。

（いやだ……）

こんな風に扱《あつか》われたかったわけじゃない。滲《にじ》んでいた涙《なみだ》はもう止めどなく流れ始めて、唇《くちびる》を覆《おお》った大きな手のひらまでを濡らしたけれども、気づいていながら高遠はそれを無視した。

「ん、ん、んんん！」

脚を開かされ、指が入り込んでくる。普段《ふだん》ならばただ甘く蕩《とろ》け、早くもっと暴《あば》いてと思うような、あのきれいな指の感触《かんしょく》に、悪寒《おかん》しか感じられないでいる希は身体中を総毛立たせた。

「……硬《かて》ぇよ」

「うっ……ふっ」

「これじゃ入るもんも入らねえだろ。……力、抜け《ぬ》」

苛立《いらだ》たしそうな舌打ちに、冷たい声。こんな高遠は知らないと、希はただ弱く首を振る。

「嫌《いや》じゃねえだろ。……遊び相手にするみたいにしろっつったのおまえだろうが」

「……っぁ……っふ、え……っ」

ひくひくと喉が震えて、嗚咽《おえつ》が激しくなった。吐《は》き捨てられ、そんなことは言ってないと思うけれど、もう塞がれた手のひらを外されても言葉が出ない。

(これ……誰《だれ》……?)

こんな怖《こわ》い、暴力的なことをするような男を、希は知らなかった。

高遠はずっと強引《ごういん》で、でも最後にはいつも、希の意志を確かめた。

ずるいくらいに追いつめて、選ぶものをそれしかないだろうと突《つ》きつけるようなやり方でもあったけれど、結局は希にその手を取らせてくれた。

それなのに。

「……希」

「っ……う、う——……っ、ひっ、あ、いや……っ」

触《ふ》れられた瞬間《しゅんかん》、また鳥肌《とりはだ》が立ったのがわかる。縛めを解かれて、身体中を縮こまらせたましゃくり上げた希は、肩《かた》に触れた手がそのまま離《はな》れていくのを知る。

いつもこうして泣き出せば、困ったような顔をして、不器用な手つきで希をあやしてくれたのに。

この日頭上から落とされたのは、陰鬱《いんうつ》な、そして億劫《おっくう》そうなため息だけだ。

「……いい加減にしろよ、おまえ」

突き刺《さ》すような言葉にもずたずたにされて、びくりと希は肩を竦《すく》めた。

「人の話も聞かないで、疑うだけ疑って喧嘩《けんか》売って、あげく発破かけたかと思えば泣き落しか」

「そんっ……じゃなっ……！」

「じゃあなんだよ」

あまりの言いぐさに、傷つくよりも怒りが勝る。えずきそうなほどになった胸の上で拳《こぶし》を握《にぎ》りしめ、希は必死に言葉を繫《つな》いだ。

「……っかとおさんが、悪いんじゃん……っ」

「俺が？　なにが」

しゃくり上げながら睨《にら》みつければ、鼻を鳴らした男は睥睨《へいげい》するように眼差《まなざ》しを返す。怯《ひる》みそうになりながら、それでも希はかまうものかと口を開いた。

「ほっ、ほったらかし、て、連絡《れんらく》も、くんなくって、そんで、そんで……っ」

ひゅうっと喉が鳴って、たまりたまった鬱憤《うっぷん》が爆発《ばくはつ》する。

鬱陶《うっとう》しがられたくないと抑《おさ》え込んでいた感情は、自分でも驚《おどろ》くほどに激しくて、もうこれで終わってしまうならそれでいいと、そんな自棄《やけ》な気分もあった。

「俺、あ、会いたかったのに、我慢《がまん》してたのに、他の子と遊んで写真撮《と》られてっ！」

「……それで？」

本当は怖い。こんな風に本音をぶつけたらきっと、高遠に嫌《きら》われると思うけれど、もう口をついて出る言葉が止まらなかった。

みっともなく泣いてわめいて、なじる言葉をぶつけて——けれど、なぜか高遠の気配は、先ほどよりも恐《おそ》ろしくない。

「う、浮気《うわき》したくせに居直ってっ」

「……してねえよ」

「嘘《うそ》つき……っ、あの写真なんだよ、なんなの⁉」

むしろ、ぎゃあぎゃあとまくし立てる希を面白《おもしろ》そうにさえ眺《なが》めていて、掴みかかろうとした手首を捕《と》らわれて、まるで抱《だ》きしめるように背中を抱《かか》え込んでくる。

「ミーティング前のやつを撮られただけだ」

「……っ、なんで、あん、あんなふたりっきりじゃん……っ」

「柚が先にホテルに入っちまったんだよ」

むしろ、もっと吐き出せというように、大きな手のひらは背中をさする。先ほどまで、触れられただけで肌を粟立《あわだ》てたはずの手のひらが、なぜか今はじんわりと暖かく感じられる。

「じゃっ……じゃあ、なんで今日、連れてきたの、なんで俺のこと無視して……っ」

高遠の手を、もう希の身体は拒《こば》んでいない。あまりに現金で、自分でもばかばかしいくらいだ。

「だから、無視したのはおまえの方だろうが」

「違《ちが》うもん！　ちがっ……」

感情はまるでついてこないのに、不器用にあやす仕草に気づいてしまえばもう、振りほどけない。

最初からこうしてやさしくしてくれたなら、疑いもなにも霧散《むさん》したのにと、そんなことさえ思ってしまう。

「俺はちゃんと話があるって言ったろうが」

「あんなの、わかんないもっ……わか、ないよぉ……！」

横隔膜《おうかくまく》が震《ふる》え、喉《のど》が大きく引きつって、涙がまた止まらない。怖がらせたくせに、ひどいことを言って泣かせたくせに、少しも謝る気配もなくて、偉《えら》そうで腹立たしくて、なのに。

「……っ、う、うえ……」

気がつけば膝《ひざ》の上に抱かれてあやされている。広い胸に顔を埋《うず》めると、もういいのか、とからかうような声が聞こえた。

「俺が悪いってんなら、他《ほか》にまだ言うことは？」

「……っ、いじ、わる……！」

なんて言いぐさだ、と思いながらも、先ほどとうって変わってやわらかくなった指先に、そそけ立っていた肌は宥《なだ》められていく。

「………おまえが爆発するまでため込むから、悪いんだろうが。訊《き》きたいことがあるなら言えばいいし、そうすりゃ答えるってるだろ」

疑ってるくせに黙《だま》って悶々《もんもん》としている方が悪い。

さっくりと言い切られ、あまりの言い分に呆《あき》れた一瞬希は押し黙り、まんまと高遠のペースに巻き込まれる。

「連絡寄越《よこ》さないったって、おまえからしたっていいわけだろうが。なんで俺ばっかり責める」

「……って、忙《いそが》し……のに、邪魔《じゃま》したら」

宥め、謝るどころか、だんだんこちらが説教されるような状態に話題をすり替《か》えられ、釈然《しゃくぜん》としない、と希は口を尖《とが》らせた。

それでも、涙に火照《ほて》った頬《ほお》を舌で拭《ぬぐ》われて、尖らせた唇を塞《ふさ》がれる頃《ころ》には、泣くだけ泣いてぼんやりとした頭が、このまま流されてしまえと告げてくる。

「……ほんとにしてない?」

「してない」

強くつねられて痛んだ胸の先を、今度はやさしく撫《な》でられれば、性懲《しょうこ》りもなくだまされていても構わないとまで思ってしまう。

どうせ泣くのに、本当は自分だけじゃなければいやだと、我が儘《まま》にも思っているくせに。

言葉は厳しいくせに、虐《いじ》めた後でこんな風に甘く触《さわ》ってくる高遠の指を、信じたくなってしまう。

「大体あの日はライブ後だろうが。……そんな体力、残ってねえよ」

「だ、って……いつも、その……」

普段求められる際《さい》の高遠の激しさを知る身となれば、そんな言葉も言い訳めいてしか感じ取れない。けれどそんなことをはっきりと口にするにはあまりに即物的《そくぶつ》なようで、言うに言えない。

希が口ごもっていれば、高遠は意地悪く笑いながら指を伸《の》ばしてきた。

「いつも、なんだ？」

「ん……っ」

顰《ひそ》めた眉《まゆ》がほどけないまま上目に探《さぐ》るような視線を向けると、何度も転がされて尖った乳首《ちくび》を押し潰《つぶ》された。逃《のが》れようと身を捩《よじ》れば、そのまま背中から抱き締《し》められて、今度は両方を同時にシャツの上からいじられる。

「希、返事は？」

「あ……あ、あ……」

首筋に吐息《といき》がかかる。耳朶《みみたぶ》を噛《か》まれて、崩《くず》れた両脚《りょうあし》は高遠の長いそれをまたぐようにされて、見下ろした視線の先には、胸をつまんでさする淫《みだ》らな指先があった。

ベストを剝《は》がされ、湿《しめ》って透《す》けた布の中で、希の肌が高遠にいじられている。

淫猥《いんわい》な光景に、かあっと頬が熱くなった。先ほどとは違う意味で瞳《ひとみ》が潤《うる》み、ひと月近く触れられていなかった身体《からだ》の方が、先に高遠に負けていく。

「んっ、んんっ……！」

布越《ぬのご》しに引っ掻《か》くように、ぷつりと膨《ふく》らんだ小さな点をいじめられ、乱れたシャツの裾《すそ》を、高ぶった自分の性器が持ち上げていくのがわかった。

（ばかみたい）

胸の奥はまだじくじくとした痛みを訴《うった》えているのに、どろりと蕩《とろ》けてしまいそうだ。

幼いままの気持ちを置き去りに、身体から落とされたような関係だから、なにより弱い部分を攻《せ》められれば、感情を置き去りに肌が疼《うず》いてしまう。

（こんな、ことで……）

後ろから肩《かた》に顎《あご》を載《の》せられ、高遠の視線が高ぶっていく身体を見つめているのも知っていた。

「ん、や……」

恥《は》ずかしさに、思わずシャツの裾を両手で押さえつければ、濡《ぬ》れたままぴんと張った布地は却《かえ》って、希の身体のラインと、その淡《あわ》い色を浮《う》き彫《ぼ》りにする。

「……おまえそれ、却ってやらしいって」

「や、だ……」

案の定喉奥で笑われて、じわんと背骨が熱くなった。次の瞬間《しゅんかん》、裸《はだか》の尻《しり》に触《ふ》れた高遠の腰《こし》にも変化が見えたのを知れば、強引《ごういん》に濡らされたままの奥まで痺《しび》れが走る。

「濡れるぞ、裾」

もうとうに、雨に湿っているのも知っているくせに、高遠はそうやってからかうように言う。

手を離《はな》せ、と吐息混じりの声を吹《ふ》き込まれ、希はせめてもの抵抗《ていこう》に弱くかぶりを振《ふ》った。

「も、濡れて……る」

「……へえ？」

高遠のくすりという笑いが、体温を一気に引き上げる。自分の声こそが最も淫らに濡れていて、随分《ずいぶん》と恥ずかしい言葉を口走った気にさせられた。

「ちが、……そ、じゃなく……てっ」

そういう意味じゃないと冷たく湿ったシャツを握《にぎ》りしめても、結局は身体の上を這《は》う指は止められない。

「たかと……さんっ、てば」

「うん？」

こうしてうやむやに会話が終わりそうな予感と、このまま誤魔化《ごまか》されてしまいたい自分の弱さに葛藤《かっとう》が芽生える。それでも、長くいじられ続けた胸の先はもう、いっそ嚙みついて欲しいほどに疼いて止まらず、観念するように希は目を閉じた。

（……信じて、いい……？）

一瞬の瞑目《めいもく》の後、はらりと睫毛《まつげ》に残っていた雫《しずく》が落ちる。潤んで赤らんだ瞳のまま振り返り、じっと縋《すが》る視線を向ければ、高遠は静かに唇《くちびる》を寄せてきた。

「ん……ふ」

口の端《はた》を舐《な》められ、誘《さそ》うように開いたそこへと舌が伸びる。口づけるには角度に無理がありすぎて、それでも教えられたままの動きで舌先を触れあわせれば、今までに知らないような卑《ひ》猥《わい》な音を立ててそれを舐められた。

「………シャツ、捲《まく》れよ」

幾度《いくど》か吸われる頃にはもう、まともにものも考えられない。甘く命令を下されて、躊躇《ためら》うより先、希の指はそろそろと布地を持ち上げはじめている。

「見えちゃう……っ」

「見せな。………濡れたとこ、拭《ふ》いてやるから」

感じやすい耳の後ろを啄《ついば》まれながら唆《そそのか》され、露《あら》わになる細い身体を両手で撫で下ろされる。ぞくぞくと震えれば、そのまま大きな手のひらは腿《もも》にかかり、膝を立てたままの脚を開かされた。

「あう……っ」

言葉通り、高遠の指先は希の濡れそぼったそこに触れてくる。何度も先端《せんたん》を拭うようにして、けれども後から後から滲《にじ》んでくる体液は、その端整《たんせい》な指さえ滴《したた》るほどに濡らしてしまう。

「……拭いても追いつかねえよ」

「ああ、あ、ん……んんっ」

揶揄《やゆ》の言葉を吹き込まれ、希が思わず逃れるように身体を前に倒《たお》せば、強く性器を摑《つか》まれた。踊《おど》った腰の丸みはまるで高遠の高ぶりに擦《こす》りつけるような動きを見せて、やわらかい肉をたわめた硬《かた》い感触《かんしょく》に、くらくらとしてしまう。

(なんで、……こうなんだろ……)

いつだって怖《こわ》いのに、逃《に》げたいと思っているのに、触れられる指に言葉に結局は逆らえない。

高遠は時折、希にはあまりやさしくないような現実とか言葉を突《つ》きつけて、痛みから目を逸《そ》らすことを許してくれない。そのくせに怯《おび》えて泣き出せば、誰《だれ》よりも甘く包み込んで、だめになるほどに蕩かしてしまう。

(どっちが……ほんと?)

ひどいのか、やさしいのか、遊ばれているのかそれとも真剣《しんけん》に想《おも》われているのか。

もうなにもかもわからなくて、ただ肌《はだ》をたわませる愛撫《あいぶ》に溺《おぼ》れてしまいそうになる。

「んん、あ、……あっ!」

「痛いか」

先ほど、こじ開けるようにされた場所はやはり少しひりついて、びくんと強《こわ》ばった背中に唇が落とされた。

「……った」

「え……?」

悪かったと、そんな小さな声を聞いた気がして、それは思い違《ちが》いかもしれないというのに、希の身体は勝手に溶《と》け出していってしまう。言葉などにしなくても、今触れている高遠の指は充分《じゆうぶん》に希の身体を気遣《きづか》っているからだ。

「ん、ん、ん、……っ」

久しぶりの感覚に、まだ身体はぎこちなく硬くて、それでも受け入れようとする気持ちがあれば、慣らされた場所は危《あや》うく緩《ゆる》む。

濡れた音と甘い痺れが開かれる粘膜《ねんまく》から伝わって、希はくらくらと頭を振った。

結局いつもこんな風に、高遠に開かれてしまう。

時に乱暴で激しくて、気持ちも身体も、怯えて縮こまることを許さないと言うようにされて、それでも。

「逃げるな……」

「んあっ、や、だめ……っ」

逃れようと捩る身体を押さえ込むように引き戻《もど》す腕《うで》を、嬉《うれ》しいなんて感じているから、きっと希が悪いのだ。

中で、指が動く。長くすらりとしたそれがぬめった自分の内部を暴《あば》いて、知らなかったなにかを引きずり出そうと何度も行き来する。

「でちゃ、う……出ちゃう……っ」

「まだ、だ」

脚を大きく、後ろから広げられて、恥ずかしいと震《ふる》え上がる胸をきつく摘《つま》まれた。

「んん！」

指の痕《あと》が残るようなそれは痛みさえ感じるのに、押し潰された小さな隆起《りゅうき》からはもう、甘痒《あまがゆ》いような感覚しか伝わらない。

「あ、も、……いや、指やだぁっ……！」

「……じゃあ、どうする」

なにがいい、と顎を捕《と》らえて振り向かせた男は、傲慢《ごうまん》な瞳《ひとみ》で言えと告げる。

「……し、……い」

「なにが」

諾々《だくだく》と受け入れて、流されているばかりでなく、希のその口から希《ねが》うものを引き出そうとする、その冷たい甘い蜜色《みついろ》の視線に、唆されてしまいたい。

「高遠さ……ほしっ……」

「ここに？」

「ぜんぶ、全部欲しい、ぜんぶ入れて……！」

しゃくりあげたそれが、身体《からだ》の欲だけではない真摯《しんし》な情も孕《はら》んで、切れ長の瞳を眇《すが》めさせる。

「……そうやって、最初から」

「あ、ああっ」

指の形にたわめられる腿を持ち上げられ、尻の丸みにもきつく食い込むその痛みさえも、今はただ嬉しいと希は感じた。

「素直《すなお》に……泣いて、言えよ」

「ふぁ、んっ、あ、来る、きちゃ、う……っ」

喉奥《のどおく》で笑い、押し入ってくる傲慢な言葉と欲望に、細い身体は大きく震えた。

「あ――……！」

そうして、なにもかもを暴き立てるような高遠の熱に、どこか急《せ》いたような決壊《けっかい》を迎《むか》えるまま、シーツをしとどに濡《ぬ》らしたのだ。

＊　＊　＊

翌朝は、昨日の雨が冗談《じょうだん》のようにからりと晴れ渡《わた》り、雲ひとつ無い快晴だった。

その晴れた空の下、自宅のマンションを見上げた希は重いため息を零《こぼ》し、ようやく踏《ふ》み込んだエントランスにたたずんだまま、先ほどから三十分は途方《とほう》に暮れている。

身体がひどく重いのは、なにも振《ふ》り回され続けた淫《みだ》らな時間のせいばかりではない。

「……どうしよう」

吐息《といき》と共に角度の下がった細い肩《かた》には余る、大振りなシャツ。裾《すそ》を何回も折り曲げたジーンズもベルトで締《し》め上げ、足下の靴《くつ》はといえばかかとの部分ががぼがぼに空いてしまっている。

今朝方、まだ眠《ねむ》っていた高遠を尻目《しりめ》にベッドを抜《ぬ》け出してきた。

もうこのまま逃げだそうと一糸纏《まと》わぬ身体を起こしたものの、希は自分が帰宅するための電車賃も、ましてや着替《きが》えさえもないことに気づいてしまえば愕然《がくぜん》となった。

着の身着のまま連れ出され、制服はびしょ濡れで放置されていて、とても人前に着て出られるものではなかったし、むろん財布《さいふ》も持ってきていない。

（知るか、もう！）

どうしよう、と迷ったのは一瞬《いっしゅん》で、腹立ち紛《まぎ》れに高遠の衣服とサイドボードに放置されていた財布の中身を拝借して、始発列車でここまで帰り着いたわけだった。

「俺ほんとに、なにしてんだろう……」

無断で他人のものに手をつけることに、良心の呵責《かしゃく》がないわけもなかった。しかしことの起こりは強引《ごういん》な高遠が悪いわけだったし、知るものかと居直りながらホテルのメモに『お借りします』とだけ書き置きして部屋を出る頃《ころ》には、なんだか奇妙《きみょう》に気分がすっきりしていた。

(なんか、ばかみたい)

そもそもが昨晩のあれは、いわゆる身体で誤魔化《ごまか》されたという状態だと、わからないわけもない。

それでも、腹の中にたまりたまった鬱憤《うっぷん》を涙《なみだ》と共に吐《は》き出したせいで、気分は今頭上に広がる夏空のようにせいせいしている。

また実際自分でも呆《あき》れるけれど、長く触《ふ》れ得なかった恋人《こいびと》の体温と、その強烈《きょうれつ》な愛撫に乱れるだけ乱れれば、なにもかももうどうでもいいような気分さえもしているのだ。

問題はなにひとつ解決してはいないし、正直高遠を全面的に許せたわけもない。けれど今希にあるのはセックスの後の甘怠《あまだる》いような倦怠感《けんたいかん》だけで、頭は既《すで》に空っぽだ。

今までの鬱々《うつうつ》とした状態の揺《ゆ》り返しで惚《ほう》けているとも思えるが、久方ぶりにすっきりした気分だった。少しばかり、虚《むな》しいくらいに。

それでも、無益なことばかり考えるのも、まるでなにも考えないのも、きっと等価値で無駄《むだ》なことなのだろう。それに気づいただけでも、まだよしとしなければ。

「あーあ……どうしよっかなあ」

そうして今、希がこの場所でためらっている理由は、既に高遠の問題よりも、おそらく家で自分を待っているだろう玲二へ、どんな顔をしてみせればいいのか、ということだ。

シフト時間中に半ばさらわれるようにして店を抜け出して、一晩帰れなかった上に早朝、だぶだぶの服を着て叔父《おじ》の前に現れるというのは、いくらなんでも露骨《ろこつ》過ぎる。

おまけに。

(喧嘩《けんか》、するなら、自分たちのことで、して下さい。……俺を、ダシにしないで)

頭に血が上っていたとはいえ、なんてひどいことを言ったのだろう。あの瞬間の玲二の青ざめた表情を思い出せば、胃の奥がきりきりと痛くなってくる。

けれどもう、ここから先には逃げ場もない。高遠から逃げても玲二がいるが、あの叔父から逃げれば、希は本当になにもかもを失うのだ。

(………いやだ)

考えただけで、ぞっとする。高遠を失うことに諦《あきら》めはついても、唯一《ゆいいつ》の希の居場所を失うことなどできるわけがない。

覚悟《かくご》を決めて、エレベーターのボタンを押した。上昇《じょうしょう》する箱の中では、なにをどう言ったものかと案じるにはあまりに時間がない。

第一、東京から横浜まで帰る長い道すがらさえ困惑《こんわく》し続けていたものが、そんなにあっさりと解決するわけもなかった。

なんの覚悟もないままに部屋の前まで到着《とうちゃく》してしまう。おずおずと、インターホンを鳴らそうとした希《のぞむ》の細い指が伸ばされるより先、ドア越《ご》しに声がかけられた。

「――のぞむ？」

「あ……うん」

どうしてわかったのだろうと驚《おどろ》くより先に、急いた音を立てて施錠《せじょう》が外される。もしかすれば一晩中、ここでこうして待っていたのかと考えれば、申し訳なくて。

開かれたドアの向こう、現れた玲二は一瞬だけ本当にほっとしたように顔を綻《ほころ》ばせ――

そして、拳《こぶし》を振り上げた。

「――……っ、痛い！」

がん、と脳に響《ひび》くような衝撃《しょうげき》があって、容赦《ようしゃ》のないそれに悲鳴を上げた希は、頭を抱《かか》え込む。

「もう……痛いじゃない！　心配するだろう！　電話くらいしなさい！」

「ごめんなさい……っ」

入りなさい、と怒鳴《どな》られ、玲二がそんな大人らしい口調で自分を叱《しか》ったのははじめてだった。

痛みに涙目になりつつも、新鮮《しんせん》だなどと感じている自分を希は否《いな》めない。

「……どこにいたの」

「え、と……」

リビングに引きずられ、仁王立《におうだ》ちの玲二の前になんとなく正座してしまうと、言わずもがなのことを問われたのにも驚いてしまう。

今まで、朝帰りをしようとなんだろうと、玲二がこうして行き先やなにかを問うたことなどなかった。いつでも、当たり前のように「おかえり」と笑うばかりで、それが逆に後ろめたくも感じていた。

「高遠さん、とこ、です……」

「家にはいなかったようだけど？」

「えーっと、あの、泊《と》まってるホテルに、連れてかれました……東京の……」

答えるまで許さないといった風情《ふぜい》の叔父に、小さくなりながら希がとつとつと答えれば、深く長いため息が頭上から落とされる。

「ホテルだったら内線あるでしょう、フロントに連絡《れんらく》すれば電話の一本くらい――」

まったくもう、と言いたげな言葉は、だがふつりと途切れる。ちろりと上目に窺《うかが》った玲二の表情はどうしようもなく苦く歪《ゆが》んでいて、その視線の先に気づくや、希は真っ赤になってゆるいシャツの襟《えり》をかき合わせた。

借りてきたボタンダウンは希の身体には持て余して、第一ボタンまで留めても鎖骨《さこつ》が覗《のぞ》いてしまう。そこに残された、あまりに派手《はで》な鬱血《うっけつ》や歯形に、さすがに玲二も毒気を抜かれたようだった。

「本っ当に大人げないよねえ、信符……」

「あ、あの、あの」

それじゃあまあ電話もできなかったわけだねと、遠い目で呟《つぶや》き、玲二はがっくりとしゃがみ込む。

「希くん。……叔父さん、なんか泣きそうなんですけど」

ひとが寝《ね》ないで心配していた間にいったいなにをきみたちは。

呟く声には もう抑揚《よくよう》もなにもなく、希は赤くなりながら青ざめる。

「ご、ごめんなさいっ、ごめんね？　玲ちゃん、ごめん……！」

「はあ……まあ、いいわ」

慌《あわ》てて覗き込んだ先には、疲労《ひろう》を隠《かく》せない表情で笑う玲二がいて、先ほど殴《なぐ》られた頭の上に、赤くなった拳が載《の》せられる。

少しだけ瘤《こぶ》になってしまったそこを、そろりと撫《な》でられた。

「痛かった？」

「えと……」

玲二の、ひとを殴るにはあまりに不似合いな拳の方がよほど痛そうで、それ以上に笑うばかりの叔父の心境を慮《おもんぱか》れば、希はもうなにも言えない。

「でもまあ……ぼくも、きっと希に嫌《いや》なことしたんだから、これであいこかな」

言葉を探しあぐねている間に、少しだけ痛ましい瞳《ひとみ》をした玲二の方が先に口を開いてしまって、希は慌てた。

「そんっ……そんなんじゃ、あれはっ」

誰《だれ》よりも思いやってくれる相手に、ひどい言葉を投げつけたのは自分だった。それなのにこんなにやさしげに微笑《ほほえ》まれてしまっては、どうすればいいのかわからなくなる。

「………ごめんなさい、あれ、あんなこと、思ってないから……っ」

「いいから。……義一っちゃんにも、過干渉《かかんしょう》だって怒《おこ》られた」

希が吐き捨てるようにあの場を去った後、本当は玲二は追いかけようとしたのだと言う。

「けどさ。そこで抱え込んでどうすんだって、言われた」

揺れて傷ついている希を、玲二の庇護《ひご》下に置くのは容易《たやす》い。そうして守ってやれば、確かに安寧《あんねい》は保証されるだろう。

「けど、おまえいつまでそうしてるつもりだって……希の感情は希のもので、傷つくのも『希の勝手』なんだってさ」

勝手、という言葉はおそらく、自由という意味だろう。義一らしい言葉だと思っていれば、玲二はぺたりと腰《こし》を落として、希の髪《かみ》から手を離《はな》す。

「泣きついて来たならともかく、保護者に反抗《はんこう》してでもどうにかしようとしてるのに、簡単な答えばっかり与《あた》えるんじゃないって」

「………店長に？」

「やんなるよねー、あのひと、そういうとこばっか的確で」

ふっと剝《は》がされたぬくもりに、意味もなく泣きそうになって縋《すが》る瞳を向ければ、玲二もまたその手を差し伸べるまいと、苦しんでいるようだった。

「お父さんたちみたい、はちょっと……きつかったけど」

「ごめ……」

微妙《びみょう》な距離《きょり》を保ったままに、謝ろうとした希を制して、玲二は言葉を続ける。

「それでも、前までの希だったらきっと……あそこで黙《だま》っちゃったよね」

諦めて、もしくはどうでもいい、と投げ出して。

「だから、うん……ぼくも反省するところはあったけど。きっとね。あれでいいんだって……嬉《うれ》しかったんだよ」

子育てははじめてだもの、と笑う玲二の表情に、今度こそ希は瞳が潤《うる》むのがわかった。

「れーちゃ……」

「初ゲンカ、かな？　そういえば」

ゆったりとそうして許しながら、ふと気づく。

玲二は先ほどから、高遠とどうしたのか、ということを一切《いっさい》問わないでいる。

（俺の……勝手、って）

それを玲二は認めたということだ。そしてその先は、自分で選ぶようにと言葉なく告げている。

ひとりで、自分の決めた通りに、進みなさいと。突《つ》き放すのではなく、希の人格を認めるからこその態度に、けれども希は背筋が凍《こお》るような痛みを覚えた。

「――……っ」

ひとり、歩くこと。ひどく憧《あこが》れ続けていた、ぼんやりとした理想は、思いがけないままに訪《おとず》れる。

けれど少しも、嬉しいと思えなかった。

手を離されるその瞬間《しゅんかん》、玲二との、親子のような兄弟のような蜜月《みつげつ》の時間が終わることに、希は気づいてしまったのだ。

「……なーに、なに。なんで泣くの」

痛烈《つうれつ》な寂《さび》しさは、高遠との別れを考えたそれよりもよほど、つらくさえあった。ただやさしい痛みだけが胸を突《つ》き刺して、声もなく涙《なみだ》が零《こぼ》れてしまう。

声を失ったあの頃《ころ》、誰も訪れるもののない病院は白く虚《うつ》ろで、玲二の声と、彼の持ってくる花だけがいつも、きれいに甘かった。

(遊びにおいで、希)

誰も振《ふ》り向かなくなった、痩《や》せた子供を抱えて、自分の城を明け渡《わた》してくれた玲二に、どれだけ甘えてきたかしれない。

学校にも行きたくなかった。家にも帰りたくなくて、どこにも居場所がなかった。

それでも玲二の許《もと》へはずっと、帰れるのだと信じていた。無意識に、そんなことにも気づかないほどに、当たり前に「おかえり」と告げてくれる存在は、なんて大きなものだったろうか。

「……う、え……っ」

「希……？」

あやす声は変わらずやさしく、決して見放されたわけでもないと知っている。きっと明日もその先も、共に暮らすそのことは変わらない。

それでも、生々しい感情をぶつけてしまって、かすかに開いてしまった距離は、ぴったりと寄《よ》り添《そ》い続けてきた玲二と希を、ふたつに分けた。

いや、元からそうだったのだろう。

気づかないまま、ただ甘えて。身勝手な感情に振り回されるばかりの自分が恥《は》ずかしい。

泣きじゃくる肩《かた》を、玲二の細い腕《うで》がそっと抱《だ》きしめる。眠《ねむ》れない夜に、こうして背中をさすってもらったその日よりも、彼の腕を頼《たよ》りなく感じる。

もう、目線も変わらないほどになった自分は、この暖かい場所をとっくに、去るべきだったのだ。

「泣かない、ほら、もう……赤ちゃんじゃ、ないんだから」

同じ感傷を玲二もきっと、覚えている。

困ったように言いながらも、細い腕は希を離さず、また希もその腕にじっとしがみついた。

もう少しだけ、そんな風に思って、強く唇《くちびる》を噛《か》みしめながら。

＊　＊　＊

雨上がりの空は澄《す》み切って、既《すで》に秋の気配を思わせるように高い。

この月の中旬《ちゅうじゅん》から降り続いた豪雨《ごうう》は台風を伴《ともな》う激しいもので、各地にいくつかの被害《ひがい》を与えつつ、夏と共に去っていったようだ。

3・14の早番のシフトは午後の三時からで、店の鍵《かぎ》を開けるところからはじまる。内容は主に厨房《ちゅうぼう》の仕入れ受け取りと電話番だ。

フロア担当の希ではあったが、この日はたまたま手の空いている人間がいないということで、食材と酒類の受取伝票にサインをする羽目になった。

「毎度どうもー」

「こちらこそ」

汗《あせ》だくになってビールケースを運んでくれた、気のよさそうな酒店の配達員がぺこりと頭を下げるのに、軽く笑《え》んで会釈《えしゃく》する。

ストックをチェックし、発注と注文品の確認《かくにん》を行った後、専用の出納表《すいとうひょう》に数字を書き込む。

この日は配達が早く、店の準備時間になるまでにはまだ一時間ほど残っていた。

事務番の日は大抵暇《たいていひま》を持て余すため、家から持ってきたノートと参考書を広げ、まだ少し残っている夏休みの課題に取りかかる。

ここしばらく時間を持て余していた希は、こつこつとそれらを終わらせていた。今残っているのは少し苦手な英語の課題だ。原稿《げんこう》用紙三枚程度に好きな小説を抜粋《ばっすい》し、それを訳して提出するというもので、日本語の独特かつ情緒《じょうしょ》的な言い回しを訳するのに苦労した。

また、この一風変わった課題を出した先生は、臨時講師のイギリス人で、完璧《かんぺき》なネイティブスピーカーだ。読書マニアで日本の小説ファンでもあるから、うっかりそこらで売っている英訳本などを書き写しても、しっかりチェックするからと、釘《くぎ》を刺されている。

むろん、原本がそもそも英語のものは御法度《ごはっと》になっているから、面倒《めんどう》なことこの上ない。

「春爛漫《らんまん》……って、ええと……」

直訳できないものはまず日本語の言い回しを変更《へんこう》し、それから訳さなければいけないため、かなり厄介《やっかい》だ。散々考えたあげくに、『爛漫と咲《さ》く桜の並木』と置き換《か》えればいいと気づく。単純なことではあっても、冒頭《ぼうとう》の『春』に引っ掛《か》かってしまうと、案外わからないのだ。

「こんなの現国の課題じゃないのか？」

ぶつぶつと零しながら、辞書と首っ引きになって希はレポート用紙の下書きに、乱暴に線を引いた。

この課題は面倒なことに、パソコンやワープロを使用するのは禁止で、すべて手書きにしろとのお達しだ。おそらく、電子辞書やインターネットの簡易翻訳《ほんやく》を使うことを防ぐためなのだろう。

「うー……っ」

とりあえず目処《めど》がついたところでペンを置き、希は事務室のパイプ椅子《いす》に腰掛《こしか》けたままのびをする。そうして、端《はし》に積まれたままのビールケースや、雑然とした伝票書類の並ぶ部屋の中で、せっせと真面目《まじめ》に課題をこなす自分というものが、不意におかしく感じられた。

「みんな、終わったかな」

鷹藤と叶野は後一週間を切った休みの短さを嘆《なげ》き、またため込んだ課題に悲鳴を上げているようで、最近は連絡《れんらく》もない。真面目で成績もいい内川はともかく、多分休みが三日を切った時点で、希にヘルプの電話があるだろうことは予想された。

「けど、これはなあ」

苦笑《くしょう》しつつ、ごちゃごちゃと書き込まれたレポート用紙を希は指の先で弾《はじ》いた。めいめいが選んだ小説で訳文を作らねばならないため、言い回しの解釈《かいしゃく》や誤訳も含《ふく》め、個性がばればれになってしまう。丸写しのできない課題は、不正防止には確かにもってこいだろう。

もう一度ざっと目を通した後に時計を見れば、ちょうど皆《みな》が出勤してくる時間だった。

机の上を片付け、シフト表に目を通そうと棚《たな》にあったクリップボードを取り上げた瞬間、隣《となり》にあったファイルが崩《くず》れ落ちる。

「わわ、と」

いい加減整理した方がいいと思うのだが、日々に紛《まぎ》れて伝票書類の棚はごちゃつく一方だ。雪崩《なだれ》を起こしそうになった棚からは、二冊ほどを落下させただけでどうにか収め、希は冷や汗を拭《ぬぐ》いながらバインダタイプのファイルケースを取り上げる。

「あ……」

そのうち一冊は、この春先のシフト表と、店内のライブスケジュールが記されているものだった。自分の名前と、高遠のそれが別々の書式の表に、同じ日付で書き込まれている。

彼のライブ日程に合わせてバイトのシフトを決めていたのは半年ほど前の話だが、今ではもう、思い出せないくらいの遠さに感じる。

ほんの少しだけさみしげに綻《ほころ》んだ唇から、ごく小さなため息をつき、希はそのファイルをもとあった位置に戻《もど》した。

(元気、かなあ)

強引《ごういん》に店から連れ出され、ホテルに彼を残してきて以来、希のもとへは高遠からの連絡は一《いっ》切《さい》なかった。けれども、以前ほどには落ち込んだり苛立《いらだ》ったりもしない。

あんな別れ方ではそれが当然という気もしていたし、言いたいことをぶちまけたせいだろうか、あれ以降は闇雲《やみくも》な不安に駆《か》られることもなくなった。

どっちにしろ高遠は、自分のしたいようにしか動かないのだ。それならば、これは前向きに諦《あきら》めるしかないだろう。

もう一度小さくため息をついて、苦笑めいた表情を浮《う》かべていた希の背中に、少しばかり眠そうな声がかけられた。

「——…てっす。おはよっす。あれ、希、今日鍵番?」

「おはよ。早いね上総」

この日一番の入りは厨房担当の上総だった。秋の気配を感じるとはいっても、屋外はまだまだ暑さが厳しい。汗に湿《しめ》った髪《かみ》をゴムでくくって、部屋の脇《わき》に積まれたビールケースを彼は抱《かか》えた。

「チェックOK?」

「一応。でも確認しておいて」

「はいよ」

手伝おうかと告げたのだが、別にいらないと断られる。実際、中身のずっしりと詰《つ》まったビールケースを二つ重ねて持ち上げられる筋力の持ち主には、いらぬお世話だったのだろう。

「おはよーございまーす」

「はよーす」

そうこうしているうちに、続々と皆が出勤してくる。サブマネージャーの青木《あおき》が現れたところで鍵を渡《わた》した希は、配達の仕入れ報告と引き継《つ》ぎを済ませ、事務所を出た。

「……あれ？」

「おはー」

ロッカーのある休憩《きゆうけい》室に向かう途中《とちゆう》、ゆったりとした歩みで入ってきたのは玲二だった。今日は遅番《おそばん》ではなかったのか、と首を傾《かし》げた希に、変わることのない穏和《おんわ》な笑みを湛《たた》えたままの叔父《おじ》は近づいてくる。

「どしたの？　遅番でしょ」

「うん、ちょっと用事できたから」

ふうん、と相づちを打ち、店内ではあまり肉親らしい会話をするのは避《さ》けようと心がけている希は、叔父の細い身体《からだ》の傍《かたわ》らを通り過ぎようとした。

それを横目に、玲二は無言のまま、細い指に握《にぎ》られた封筒《ふうとう》を差し出してくる。

「なに……？」

「ぼくの用事はこれでした」

それじゃね、と軽く頭を叩《たた》いて去った玲二は、まだいささか眠《ねむ》そうだ。昨晩も深夜番のシフトで、帰ってきたのは朝方だった。

「寝《ね》てればいいのに……」

受け取ったそれはどうやら手紙で、どうせ家に戻れば見ることになるのにと希は首を傾げる。また今時、郵送で連絡が来る相手というのも想像がつかない。訝《いぶか》しみながら裏書きを見ようと白い素っ気ない長四封筒を裏返して、どきりとした。

「え……」

高遠、と名字だけが走り書きされているそれは、待ち焦《こ》がれた相手からの連絡ではあった。

しかしなぜ、と思いながら慌《あわ》てて洗面所に駆け込み、封を破る。

現れたのは一枚のチケットで、そこには『Ｕｎｂａｌａｎｃｅ―Summer Special Final―』というツアータイトルが印字されている。場所は横浜アリーナで、席も結構いいようだ。

「……どゆこと？」

来い、ということだろうか。封筒を逆さにしても他《ほか》にはメモもなにもなく、どういうつもりだろう、と希は首を傾げる。

しかも日程はシフト日で、おまけに明日だ。相変わらず自己中心的な、と思いながらも洗面台に手をつき、どうしようかと迷うようにチケットを目線より上に掲《かか》げる。

正直、Ｕｎｂａｌａｎｃｅのライブを観《み》ることなど、自分にできるのだろうかとも思う。ま

たいたずらにコンプレックスを感じてつらくなるのではないか、そんな危惧《きぐ》もなくはない。けれども、思えば本当に久しぶりの高遠の誘《さそ》いに、惑《まど》う気持ちの方がずっと強くて。

「………ん？」

電灯に透《す》けたチケットの向こうに、なにか黒いものが見えた。まさかと思いながら裏返せば、そこには太めのマジックのようなもので『PM　10：00　1F北通路』と書いてある。

ますます謎《なぞ》かけのようだ、と顔をしかめつつ、随分《ずいぶん》前に自身がステージに立った時のことを思い出した。北ブロックの奥はたしか、関係者用の通路になっている。

要するにここで待てということだろうか。十時といえばライブが跳《は》ねた後ではあるが、居残った客もまだいるかもしれないというのに。

「勝手………」

本当によくわからないとぼやきつつも、じわじわと頬《ほお》が緩《ゆる》んでいくのがわかる。そういうひとだよね、と呟《つぶや》いた声も、やわらかに甘くなる。

厳しくて強引で、言葉もきつい。なにを考えているのかさっぱりわからないし、好かれているのかからかわれているのか、それもはっきりしないけれど。

急いで書いたような文字さえも愛《いと》おしいように感じるから、仕方がないのだろう。

結局問題は、どう思われているかではない。自分が高遠をどう思っているか、なのだ。

「どうしようかなあ……」

ひらひらとチケットを振《ふ》りながら、本当はもう心は決まっていた。多分希はこの後、玲二を捕《つか》まえてシフトの変更《へんこう》を申し入れる。

そして、理由はこう告げるのだ。

「Ｕｎｂａｌａｎｃｅの、ライブに行くから」

あの叔父はきっとそれでも、やわらかに微笑《ほほえ》んで、『行っておいで』と告げるばかりだろう。

希の勝手を、ただ許して。

＊　＊　＊

ＳＥが途切《とぎ》れ、客電が落ちた瞬間《しゅんかん》には、怒号《どごう》のような歓声《かんせい》が希の耳を遠くした。

どん、と腹の奥に響《ひび》くような重低音はひび割れて、所詮《しょせん》はコンサートホールではないこの運動場を埋《う》め尽《つ》くす。

（うわあ………）

久々に触《ふ》れた、あまりにやかましいその音の洪水《こうずい》と、演奏もなにも打ち消すような興奮の叫《さけ》び声。激しさに、ただ圧倒《あっとう》されて、希はひたすら立ちすくむ。

ツアーファイナルということで客の入りもテンションもすさまじく、希は呆然《ぼうぜん》と目を瞠《みは》るばかりだ。

シフトの変更も案の定あっさりと決まった翌日、希はひとり、横浜アリーナの会場に赴《おもむ》いた。

休みが欲しいと言ったら、玲二よりも義一の方が意外そうに目を瞠り、そうして困った顔をしたのには、申し訳ないながら笑ってしまった。

(困るなそれも……戦力ダウンだ)

小言を零《こぼ》しつつ、ごめんなさいと素直《すなお》に頭を下げれば、彼もそれ以上はなにも言えないようだった。それでも仕事に穴を空けるのは申し訳なく、以前緊急《きんきゅう》で呼び出してくれたことのある塚本へシフトの取り替《か》えを申し入れれば、これもあっさりOKが出た。

そうして赴いた横浜アリーナは、新横浜の駅から既《すで》にごった返していた人混みがそのままなだれ込んだような盛況《せいきょう》で、年若い男女半々の客層にも意外さを覚える。

希が在籍《ざいせき》していた当時は、圧倒的に女性ファンの方が多かったのだが、数年を経てみれば状況《じょうきょう》は変化していたようだ。

(こんなだったんだ……)

ライブがはじまってしまうと、過去の記憶《きおく》に振り回されるどころではなかった。あの頃《ころ》、それなりに懸命《けんめい》に走り回っていたステージは、下から見上げればひどく大きく、ライティングもその演出も、まるで印象が違《ちが》う。

麻妃、愛香というふたりの年少組がまずサイドから現れ、アクロバティックなダンスを見せる。

そうして、センターステージの中央からは、バリライトの目くらましのような中に浮《う》かび上がるシルエット。柚のスレンダーな姿がモニターに映し出され、反転したライティングにまた、怒号のような歓声があがった。

（柚さん、すごい）

エナメル素材のショートパンツに、きわどく胸元《むなもと》を見せつけるベストタイプの上着を素肌《すはだ》に直接纏《まと》った彼女は、まるでSF映画かゲームの、タフなヒロインのようだった。

しなやかな身体でブラックミュージックアレンジの持ち歌に合わせ、身体をくねらせるさまは、息を飲むほどに艶《なま》めいている。

そうしてそれぞれの見せ場が終わって、ひときわドラムの音が激しく鳴り響き、特殊《とくしゅ》効果の花火と共に飛び出してきたのは、メインボーカルの菜摘だった。

華奢《きゃしゃ》で小柄《こがら》だけれどもめりはりのついた身体に、ぴたりと添《そ》ったラメ素材の衣装《いしょう》を着て、胸元と太ももは大きく肌を露出《ろしゅつ》させている。

ステージ中央に掲げられた巨大《きょだい》モニターの中、客を煽《あお》り立てるように、その気性《きしょう》のままに激しく腰《こし》を踊《おど》らせる彼女は、ひたすらに眩《まぶ》しかった。

（なんだか……）

まるっきり、あの当時を思い起こさせるものはない。安っぽい、ことさら子供じみた衣装に身を包み、均一にライトを当てられる『仲良しグループ』のＵｎｂａｌａｎｃｅは、そこにはない。

周囲を見渡《みわた》せば、皆《みな》一様に汗《あせ》をかき、声を上げてステージの上にいる彼女らを陶酔《とうすい》したように見つめている。

何万人という人間が向けるその、尋常《じんじょう》でない熱量を受け止める。そうしてまた、同じほどの力でもってなにかを与《あた》えなければ、この場を維持《いじ》していくことなどできないのだろう。

正直、割れた音よりもなによりも、周囲の歓声の方がやかましくはあった。がんがんと足下まで響いてくるスピーカーの重低音に、馴染《なじ》めはしないとは感じる。

これは確かに、希の好む音楽とは違うのかもしれない。高音で張り上げるユニゾン、駆《か》け上がるようなビートのきついそれらは、やはり好ましいとはあまり、思えない。

それでも、華《はな》やかに歌い踊る彼女らは、とてもうつくしく感じられた。圧倒的な生命力を持って、その華奢な身体に何万もの視線を注がれて、なおしっかりと細い脚《あし》でリズムを取る。サーチライトに、目が眩《くら》んだ。眩しくて目を眇《すが》めれば、ステージはなお遠く、希との差違《さい》を知らしめて、それがなぜだか、不思議な安堵《あんど》を生んだ。

(そうだね………)

光の溢《あふ》れるステージに縛《しば》られることもなく、ただ遠く、違う場所として存在する。あがくことも馬鹿馬鹿《ばかばか》しいほどに、隔《へだ》てられたその距離《きょり》はある。

もう、あの場所は自分のものではない。菜摘の、柚のいる、Ｕｎｂａｌａｎｃｅのものでしかない。

尻込《しりご》みをして逃《に》げて、そんなことに気づくのに、随分とかかってしまったと、希は薄《うす》く微笑んだ。

その笑みの形はどこまでも穏《おだ》やかで、ようやく長い間捕《と》らわれていたなにかに決別できたことに、そうして気づかせてくれた彼に、希はただ感謝する。

（高遠さん……）

胸の内、呟いた相手は今、ステージの奥手にいるはずだ。

バックバンドの面子《メンツ》はあくまでサブの立場を取るかのように、セットの合間に隠《かく》れるような立ち位置を取っていた。ホーンセクションも豪奢《ごうしゃ》にずらりと並んでいて、黒いスーツを着こんだまま金褐色《きんかつしょく》の楽器を奏でている。

眩暈《めまい》のするような光の渦《うず》に、視覚でその個体を認識《にんしき》することは難しかった。だから希は目を閉じて、興奮のるつぼになった会場の音の中から、甘く低いあの音階を探し出そうとした。

ギターサウンドにシーケンサー、デジタルな音色や轟音《ごうおん》にも負けない、深いあの音を、耳に渦巻くうねりの中から、そっと拾い上げる。

（いた……）

かすかに、けれど確かに響く、官能的なテナーサックスのやわらかなそれを捕らえ、希はもう一度、微笑んだのだ。

＊　＊　＊

ライブが跳《は》ねて、十時を過ぎても場内の興奮は収まる様子もなかった。なにしろ終演後とはいえ、グッズの物販《ぶっぱん》なども行われるものだから、ひとは一向に去る気配がない。

参ったな、と思いながらも、たむろする客たちに紛《まぎ》れ、希は途方《とほう》にくれていた。

チケットの半券に殴《なぐ》り書きされた指定場所へは、人垣《ひとがき》を越《こ》えていかなければならない。

「……行くか」

ひとがうぞうぞとする中をすり抜《ぬ》けるのは、どうにも苦手だ。いまだ熱気の満ちた会場の中、実際こんな状態で、自分を見つけることなど高遠にできるのだろうかという疑問もわく。

なんとか辿《たど》り着《つ》いた、関係者以外立ち入り禁止のプレートが下がった通路脇《わき》には、女の子たちがやはり集っている。先ほどステージを終えた誰《だれ》かが通るのではないかと、目を輝《かがや》かせている彼女らに阻《はば》まれ、そこから先に行けそうもない。

(だめかな、これは)

やはり無理か、と肩《かた》を竦《すく》めて、たむろする女の子たちよりは高い身長で奥を覗《のぞ》き込むと、真っ黒な服を着た男が忙《せわ》しなく煙草《たばこ》を吸っていた。

「あっ」

思わず声を上げて、その後心臓がどくりと高鳴る。まさかずっと待っていたのだろうかと、信じられない気持ちでそちらを眺《なが》めていれば、その小さな声が聞こえたかのように高遠がこちらを振り返った。

「あ、ねえ、あのひとかっこいくない?」

「えー? 知らないよ」

「バックにいたひとじゃん! あんた見てないの? ほらあ、あの、ナツミとさあ……」

隣《となり》にいた少女がミーハーな声をあげ、希ははっとなる。

一応高遠は渦中《かちゆう》の人物で、これはまずくないのかと青ざめていれば、煙草をもみ消した彼はその長い脚でこちらへと向かってくる。

(だめだって……っ！)

まさかこのまま迎《むか》えに来るのではないか、と息を飲んでいれば、しかし彼は通路の途中、制服でたたずんでいる警備員へと近づいていく。

そうして何事かを耳打ちした後、あっさりと背中を向けられて、希は拍子抜《ひようしぬ》けした。警備員はそこから動くこともなく、無線機でなにか連絡《れんらく》を取っている。

(あれ……？)

気づかなかったのだろうか、と落胆《らくたん》し、またパニックにならなかったことには安堵して、今日はもう仕方がないだろうときびすを返した、その瞬間《しゆんかん》だった。

「……ちょっと、すみません……」

「は？　な、なんでしょう」

早足に追ってきた男に背後から声をかけられ、希は驚《おどろ》いた。警備員姿の彼に腕《うで》を取られ、こっちにと招かれる先には、先ほど諦《あきら》めた関係者通路がある。

「あの……？」

「雪下希さん、ですよね」

「はあ……」

わけがわからないと頷《うなず》けば、警備員は無線で「確認しました」と連絡をする。まさかと見れば、先ほど高遠が耳打ちしていた方の彼が、白手袋《しろてぶくろ》を手招くように振《ふ》るのがわかった。

そのまま、ホールの端《はし》まで連れて行かれて、ゲート前で布製のシールのようなものを渡される。スタッフパス、と書いてあるそれは、通行証らしかった。

「こちら、必ず見える位置に貼《は》って置いて下さい。ここから入ってすぐの角を右に行きますと、楽屋口に出ますので」

ご丁寧《ていねい》に、と頭を下げて、今ひとつ釈然《しゃくぜん》としないながらも希は真っ白な通路を歩き出した。

この手の場所というのは大抵《たいてい》どこも造りは同じで、素っ気なく白い壁《かべ》とドアだけの通路が、迷路のように入り組んでいる。

(あ……そういえば)

まだ幼い頃《ころ》、やんちゃだった菜摘に誘《さそ》われて断れず、探検しようと歩き回って、迷子《まいご》になりかけたことがあった。記憶《きおく》は曖昧《あいまい》だが、どうやら本番直前までどこかで寝《ね》こけていたらしく、マネージャーである母親と事務所社長に散々叱《しか》られたことだけは覚えている。

(あれって……どこだったかな？　横アリ？　それとも……)

こうした場所はまるで白い迷路のようだと感じていたのに、あの頃よりもすべての場所が随《ずい》分《ぶん》小さく狭《せま》く感じられた。考えてみれば、背丈《せたけ》も当時に比べて三十センチ近く伸《の》びたのだ。なにもかもが大きく見えたあの頃とは、わけが違《ちが》う。

言われた通り右に曲がると、今までのそれよりもやや狭い真っ直《す》ぐな通路に出る。延々と歩いていれば、道々の表示の先に、『スタッフ専用、楽屋』という文字を見つけ、もう少しで出口へと辿り着くかと思われた、その手前でのことだ。

「うわっ」

思わず首を竦めたのは、希の進路方向に続く右手、通路脇のドアの向こうから、ものがなぎ払《はら》われたような衝撃音《しょうげき》が聞こえたからだ。

閉《と》ざされたドアを激しく叩《たた》きつけるような音がその後に続き、聞こえてきたのは幾人《いくにん》かの男女があげた悲鳴じみた声と、かすれても通る、ハイトーンの叫《さけ》び。

「――――……っなによ、それ！」

「菜摘！　待ちなさい」

「知らないわよ！　知らないもん！　信っじらんない、柚ちゃんアタマおかしいよ！」

「ちょっと落ち着いてよ」

聞き覚えのあるそれらに、希は参ったなと天を仰《あお》いだ。この場所で菜摘に見つかれば、騒《さわ》ぎになるのは明白だったし、それ以上に珍《めずら》しく険のある柚の声からも、かなりまずい状態に出くわしたと知れる。

(どうしよう……)

咄嗟《とっさ》に身を隠すことも考えたが、なにしろ真っ直ぐに続くばかりの通路には、この今、喧々《けんけん》としたやりとりが聞こえる場所以外、ドアらしきものはない。

「もう知らないよ、柚ちゃんのばか！」

そうして、途方に暮れている間にひときわ大きな叫びが聞こえ、派手な音を立ててドアが開かれた。飛び出してきた菜摘は勢いのままそれを叩きつけるように閉め、その背後では『開けなさい！』という声がしばらく聞こえていた。

華奢《きゃしゃ》な背中でドアを塞《ふさ》ぐように押さえる菜摘はステージ衣装《いしょう》のままで、目を真っ赤にして唇《くちびる》を噛《か》んでいる。

（泣いて……？）

はじめて見た、気の強い彼女の泣き出しそうな顔に驚いている暇《ひま》もなく、ふっと顔を上げた菜摘が希を見つけた。一瞬驚いたように目を瞠《みは》った後には、ぎゅうっと顔を顰《しか》めてみせるから、希は息を飲む。

（やばい！）

そのまま、ほとんど走ってくるような勢いでこちらに向かってきた菜摘に、一瞬逃げようかとも考えた。だが、別段やましいことをしているわけではないと思い直し、希は今から浴びせられるであろう激しい叱責《しっせき》に備え、身を硬くする。

しかし。

「——……え？」

どん、とぶつけられたのは、いつもの菜摘のきつい言葉ではなかった。

ただ、やわらかく熱い、甘い香《かお》りのするなにかが胸に飛び込んできて、咄嗟に足を踏《ふ》ん張り、それを受け止める。

「な……菜摘？」

「………っ、え……っ、わあああああああああん‼」

小走りに駆《か》け寄って自分に抱《だ》きつくなり、大泣きをはじめた菜摘に、希は今度こそなにが起きたのかと目を見開いた。

「あ、あの、どうしたの」

「ひいいいいいいいっく」

「ねー、あのちょっと……」

「ばかーっばかーっ………ひいいん！」

問いかける希のそれよりも菜摘の号泣が激しすぎて、少しも聞こえていないようだ。

両手をホールドアップの形に上げたまま、わんわんと泣き続ける菜摘を持て余し、希はため息をつく。

力ずくで引きはがそうと思えば、やれないことはないけれども、希にはできなかった。

着替《きが》えの途中だったのか、ステージで高いヒールブーツを履《は》いて、上手に踊《おど》っていた彼女の爪先《つまさき》は、ペディキュアの色も鮮《あざ》やかな素足《すあし》だ。そうするとこの間店で会った時よりもさらに、背が低い。

（こんなにちっちゃいんだ……）

あの当時の菜摘は希よりも背が高く、年下なのに姉貴分として振る舞《ま》っていた。それが自分の胸よりも下のあたり、震《ふる》えながらTシャツを濡《ぬ》らしていく。

意地悪されてつつかれては闇雲《やみくも》に泣いていた頃の、傲然《ごうぜん》とした面影《おもかげ》はなく、そこにはなんだかただの小柄《こがら》な女の子がいて、可哀想《かわいそう》になってしまった。

ただ、困り果てたのはその感触《かんしょく》で、ぎゅうぎゅうしがみつかれているため、とろんとやわらかい胸が当たるのだ。骨がないのではないかというほどにその身体《からだ》は頼《たよ》りなくて、触《さわ》ったら壊《こわ》れそうに思うほどの脆《もろ》さを、どう扱《あつか》っていいのかなどまるでわからない。

「あの………」

しかし、いつまでもそうしているわけにはいかないだろう。いずれドアの向こうからは誰《だれ》かが出てきてしまうし、延々しがみつかれていては、高遠の許《もと》に向かえない。

「――……とにかく、菜摘はあたしが説得しますから」

「そんなこと言っても、柚、あなたね」

案の定、中で揉《も》めていたらしい面々の声がかすかに開かれたドアから聞こえてくる。

こんな場面を見つかっては、それこそ高遠どころの騒ぎではないと青くなった希は、はらはらとその様子を窺《うかが》うしかなかったのだが。

「ちょっと時間下さい、社長。ご迷惑《めいわく》は……これっきりですから」

きっぱりとした声で顔を出したのは柚だった。一瞬《いっしゅん》こちらに目を向けた彼女は、とにかく任せろと言い切って、強引《ごういん》にドアを閉めてしまう。先ほどの菜摘と同じように、背中でドアをガードした柚は、そのうつくしい顔で、にやりと品のない笑《え》みを浮《う》かべてみせた。

「はあい、希。男前な格好ね」

「柚さぁん………」

散々揉めていた割には余裕《よゆう》の発言をする柚に、勘弁《かんべん》して下さい、といい加減上げっぱなしの腕《うで》が痺《しび》れていた希は情けない声をあげる。

「……菜摘、ちょっと、話そ？」

「いや！　知らない！　柚ちゃんなんか嫌《きら》い！」

菜摘はもう泣きわめくのも疲《つか》れたのか、希の胸にしがみついたまま嗚咽《おえつ》を漏《も》らすばかりだったが、柚に触《ふ》れられた途端《とたん》また声を張り上げる。肩《かた》に手をやった柚の指を振り払い、髪《かみ》の毛がばしばしと頰《ほお》に当たるような勢いで首を振る菜摘に、ショートヘアの彼女はため息をついた。

「しゃーないな……希、ちょいおいで。それ、引きずってきて」

「え、あのっ」

来い来い、と手招かれ、さっさと歩き出した柚を追い足を踏み出せば、木にしがみついたセミよろしく、ずるずると菜摘もついてくる。

「……なにがあったんですか」

もと来た通路を少し戻《もど》って、柚が案内したのは機材倉庫のようだった。蛍光灯《けいこうとう》の白っぽい灯《あか》りに照らされたコンクリートの壁は寒々しく、天井《てんじょう》まで積まれたものものしい機械に圧倒《あっとう》されそうになる。

「んーまあ……どうせばれるからぶっちゃけちゃうけど、あたし、辞めんのよね、事務所」

「えっ⁉」

驚《おどろ》き、声を上げたのと、菜摘の腕がさらに強く腰《こし》に食い込むのは同時だった。

「それで拗《す》ねちゃって……もう前から、話してあったんだけど」

「あたし……あたし、いいって言ってないもん……っ」

困ったなあ、と男っぽい仕草で肩を竦《すく》め、聞く耳持たないという様子の菜摘を眺《なが》めた柚は、悪いんだけどと続けた。

「あのさ……希、この子落ち着いたら、さっきの部屋に連れてきてくんない？」

「えっ、俺が!?」

「お願い！　頼《たの》むわね。あたしその間に、あっち収めてくるからさ」

「ちょ、ちょっと柚さ……っ」

よろしくー、と苦笑して手を振《ふ》った柚を追いかけようとすれば、さらに菜摘がぎゅうっと抱きついてきて、身動きができないままに倉庫のドアは閉ざされた。

「えーっと……」

どうしろと言うんだ、と呆然《ぼうぜん》としていれば、胸の中で洟《はな》を啜《すす》った菜摘が喉《のど》をつまらせている。

その様子はやはりどうにも哀《あわ》れで、結局突《つ》き放しきれないのなら、仕方がないと希は吐息《といき》し、覚悟《かくご》を決めた。

「ね、……ちょっと座ろうか」

まさか抱きしめてやるわけにもいかないから、叔父《おじ》の仕草を真似《まね》て、小さな頭に手を置いてみる。こうされると、感情が高ぶった時には結構落ち着くことを、希は知っていた。

案の定、小刻みに震えていた菜摘はぴたりとそのわななきを収め、おずおずと顔を上げてくる。

その顔に向けて希が思わず微笑《ほほえ》んでしまったのは、なりふり構わず泣き続けたせいですっかりメイクがはげた菜摘の、幼い表情と涙《なみだ》の痕《あと》に気づいてしまったせいだ。

うっすらと彼女が赤くなったのは、多分素顔《すがお》をさらしたことと、散々泣いたことに対して恥《は》じたのだろうと希は思った。気が強く、美意識の高い菜摘は、自分の脆い部分が露呈《ろてい》することが昔から嫌いだった。

「そこほら、セットかな。階段あるから」

「……………埃《ほこり》っぽい」

ようやく身を離《はな》した菜摘は手の甲《こう》で流れ落ちたマスカラをこすり取り、悔《くや》しそうに唇を噛む。憎《にく》まれ口が出たことにむしろほっとして、いいから、と希は彼女を隣《となり》に座らせた。

「あーあ……なにこれもう。ブッサイクな顔してるでしょ、あたし」

「いや？　そんなことないよ」

しきりにメイク崩《くず》れを気にするあたり、女の子だなあと感心する程度だ。第一、上塗《うわぬ》りなどしなくとも、菜摘はとても可愛《かわい》い顔をしているとは思う。そう思って、素直《すなお》に否定した希をなぜか、菜摘は赤くなったまま睨《にら》んだ。

「あんった、ほんとにそういうとこ……」

「え？」

「なんでもないわよっ」

急に怒《おこ》り出した彼女がわからずきょとんとしていれば、ふて腐《くさ》れたように言うなり菜摘はそっぽを向いた。

「ね、……柚さん辞《や》めるんだって？」

無言のままでいても埒《らち》があかないと、どうやら元凶《げんきょう》らしい事柄《ことがら》を口にすれば、ノースリーブの肩がびくりと尖《とが》る。またわめきだしたらどうしよう、と少しばかり心配しながら希が様子を窺っていれば、驚いたことに菜摘はこくりと頷《うなず》いた。

「夏前に……言い出したの。社長とか、マネージャーにはもう話してあったって……でも、あたしとか、麻妃とか……全然知らなくて」

「なんで……辞めるの？　アイドル引退するの？」

アイドル、という単語に、菜摘は少し不機嫌《ふきげん》そうに眉《まゆ》を顰《ひそ》めて、しかしそれについて特にコメントはしないまま、質問に答えた。

「もっと、違《ちが》う音楽やりたいんだって。……外国に留学とかして、ブラックミュージックとか……あたしらの今やってるような、ああいうアレンジものじゃなくて、自分で曲も作る、本物のシンガーになりたいんだって」

「そうなんだ……」

昔から柚はその手の音楽が好きで、口まねの英語の歌を口ずさんでいることが多かった。早熟な彼女のハスキーな声にジャニス・ジョプリンはよく似合って、言われてみれば納得《なっとく》しなくもない理由に、希は頷くしかない。

泣くだけ泣いた菜摘は、もう張る意地もないのか、穏《おだ》やかに声をかける希にぽつぽつと本音を漏らしはじめた。

「バッカにしてるじゃない？　ずっと一緒《いっしょ》にやってきたのに、そういうことあるんなら、一番に言って欲しかったのに……なんで、うちらが最後に知るの？」

「ああ……うん、そうだね」

　多分、柚には柚なりの事情があったのだろうとは思う。辞めるにあたっても、根回しに失敗すれば仕事に損失を与《あた》えかねないし、タイミングもあるだろう。

　またこれは想像だが、下手に年下の彼女らに打ち明けてしまえば、巻き込まざるを得ないと考えた面もあったのではないだろうか。

「わかるけどさ。……柚ちゃん、リーダーだし、なんかあるといっつも責任取って怒られたり、全部打ち合わせも柚ちゃんが仕切ってくれて……」

　じっと見守る希にそう零《こぼ》した菜摘自身、そんなことはわかっているのだと知れた。ただ、理解することと感情で納得することとの、その折り合いがつかないのだろう。

「……悔しかったんだよね。話してもらえなくて。一番に、言ってもらえなくて」

　覚えのある感情に苦笑《くしょう》して、希はそっと呟《つぶや》くように言った。菜摘はただ、こっくりと子供のように頷く。

「あたし……前みたいのがよかった」

「うん？」

「Ｕｎｂａｌａｎｃｅ。……希がいて、弘毅《こうき》がいて……それから」

古森くんも、と呟く声が暗く、同じ痛みを感じた希はその横顔をじっと見つめた。

「そっちも……なんか、あったんでしょ？」

問われた言葉には答えられず、希は曖昧《あいまい》に微笑むしかない。もう数ヶ月は前のことだと思えないほど、まだあの恐怖《きょうふ》と痛みは鮮明《せんめい》に過ぎる。

かつて同じグループにいたはずの青年は、知らぬ間に身を持ち崩し、菜摘らＵｎｂａｌａｎｃｅと、もとメンバーの志賀《しが》弘毅、そして希にそれぞれ、恐喝《きょうかつ》を行った。

弘毅へは出来心での万引き現場を、Ｕｎｂａｌａｎｃｅには盗撮《とうさつ》、そして希には――高遠との関係をネタにして、強請《ゆすり》をかけてきた古森の本当の目的は、金銭よりも、落ちぶれた自分以外のメンバーへの復讐心《ふくしゅうしん》だったらしい。

「信じらんなかった……古森くん、お兄ちゃんみたいだって思ってたのに」

「そうだね」

自分と同じようにショックを受けていたらしい菜摘の弱い声に、そっと賛同する。今までにないシンパシーを感じて頷けば、おずおずと縋《すが》るように、菜摘が希の腕に触れてきた。ぬくもりを探すような仕草に、普段《ふだん》感じる女性への嫌悪《けんお》感《かん》は覚えず、希もなにも言わない。

「脅《おど》されたって言われて、すっごい悲しくて……そんでもさ。その日は収録だったりすんのよ。あたし、バカみたいにずーっと笑って、司会者さんに突っ込まれて、はしゃいでないとなんないの」

「……うん」

「時々さあ、なにやってんだーって思うわよ。楽しくもないのにきゃーきゃー言ってみせて、生意気とか言われて……でも、そういうの全部、柚ちゃん、わかってくれてたのに」

いなくなっちゃったら、どうすればいいの。肩《かた》を落とした菜摘の呟きはひどくせつなくて、希の腕《うで》は自然にその、尖って細い肩を包んだ。これも玲二の仕草が移ったのだろうかと思いつつも、落ち着かせるようにそっと軽く叩《たた》けば、菜摘はほっと息をつく。

「麻妃も、愛香だって、柚ちゃんの言うことなら聞くの。マネージャーになんか全然反抗《はんこう》的なのにさ。……そんなの、あたしが仕切れるわけないじゃん」

どうすんのよ、と悔しそうに呟いて、けれどその声音《こわね》には、強がりよりも不安が滲《にじ》んだ。ことに、Ｕｎｂａｌａｎｃｅのメインボーカルは菜摘だが、一番人気の麻妃はプライドも高く、小さな頃《ころ》から年中菜摘とケンカばかりしていたように記憶《きおく》している。

それでも、最後には菜摘が勝っていた。冷めたタイプの麻妃は討論そのものが面倒《めんどう》になるらしく、感情を高ぶらせて泣きながらも相手を睨みつけ、一歩も引かない菜摘には、勝てないようだった。

「菜っちゃんなら、できると思うけど……」

思わず幼い愛称《あいしょう》で呼びかけながら励《はげ》ましたつもりだったその言葉に、菜摘は突然《とつぜん》腕を振《ふ》り払《はら》い、立ちあがった。

「――あんたが言わないでよ！」

「ど、どうしたの」

睨まれ、激しい声を返されて、希は押し黙《だま》る。急な激昂《げっこう》の意味がわからず戸惑《とまど》えば、叫《さけ》ぶように菜摘は言った。

「あんた知らないじゃん！　あたしずっと言われたんだから、希の方が全然上手《うま》かった、希が残ればよかったのに、なんであんな子がリード取ってるのって、ずうっと！」

「え……」

「社長だってマネージャーだって、希は聞き分けよかったのにって……だったら希残してあたしのことクビにすればよかったのに！」

涙声《なみだごえ》で叫ぶそれは、きっと今まで誰《だれ》にも言ったことのない、内心の吐露《とろ》だったのだろう。小さな女王さまのように、その場に君臨し続けた菜摘を自分のような存在が脅かしていたのだと知った希は、ただ驚《おどろ》いてしまう。

「それでもあたし、頑張《がんば》ったのに……なんでなのよ……っ」

それでも、今のメンバーがＵｎｂａｌａｎｃｅだと言われるべく頑張ってきたのに、皆《みな》自分から離れていく。

「ばかみたいじゃん……あたし……」

気負いが空回っているようで、情けないと唇《くちびる》を噛《か》みしめる菜摘は、それでもきれいだと希は思った。

「……ばかみたい、なんかじゃないと思うよ」

プロの顔をしていた。激しく、凛《りん》として、なにもかもに負けまいとする菜摘のその気性《きしょう》こそが、ひとを惹《ひ》きつける魅力《みりょく》でもあるのだろう。

強い人間に、希はとても憧《あこが》れる。比べて、たかが恋人《こいびと》の一挙手一投足に振り回される自分の小ささに、笑えるような気分になった。

「俺はさ。……結局、向いてなかったと思う。こういう世界には」

ささやかな出来事に怯《おび》えて、うじうじと落ち込んで。とてもじゃないけれど菜摘のように、何万人もの視線にさらされて、傲然《ごうぜん》と顔を上げていることなどできない。

けれどそんな彼女でも、泣いたり挫折《ざせつ》したりということを知らないわけもない。ひとり、唇を噛んで耐《た》える時間があったと知れば、なんだか卑屈《ひくつ》になるどころでなく、親しみさえも覚えた。

「ステージ、すごかったよ。もう、前とは全然違う。みんなお客さん、楽しそうで夢中になってて……あれが、菜っちゃんがやってきたことだと、俺は思うけど」

もう、違う世界だなあって思ってるよ。穏やかに笑って告げるそれは本心だ。けれどもなぜかその笑《え》みは、菜摘の張りつめた表情より、満ち足りたものになっていた。

「……なによ、大人みたいなこと言って」

「え、と……そう、かな」

奇妙《きみょう》な話だ。言うなれば落ちぶれたもとアイドルが、トップスターを慰《なぐさ》めている構図というのは、いっそ笑える状況《じょうきょう》だと感じて希が微笑《ほほえ》む。

「頑張りなよ。……もう頑張ってると思うけど、だったら、そのままやってなよ」

今までになく近くにいる気がする菜摘を、だから素直《すなお》に励ませば、なぜか彼女は悔《くや》しそうに赤くなり、唇を噛んで睨《にら》みつけてくる。

「むっかつく……なによ、えらそうに」

「いや、そんなつもりはないんだけど」

慰められたことが不愉快《ふゆかい》なのだろうか。とにかくプライドの高い菜摘は扱《あつか》いにくくて、どうしたものかと困惑《こんわく》した希の首筋に、ふわりと細く暖かいものが触《ふ》れる。

「え？」

「だから――あんたって嫌《きら》い」

それは甘い色のマニキュアが施《ほどこ》された、華奢《きゃしゃ》な指だった。それが希の首に絡《から》みつき、なにかやわらかいものがそっと、唇に触れる。

「……大っ嫌い」

人の気も知らないで、とそんな言葉が呼気と共にくすぐったく触れて、拗《す》ねた瞳《ひとみ》が潤《うる》んでいるのを知った瞬間《しゅんかん》、しなやかな身体《からだ》は翻《ひるがえ》る。

「……え？」

軽やかな足取りと共に菜摘は走り去り、呆然《ぼうぜん》とした希がそこに残された。なにが起きたのか、まだ脳が判断を下せないままでいれば、菜摘の去っていったドアのあたりから口笛が聞こえる。

「やっぱオトコマエねえ、希……」

「え？……ええっ!?」

柚の低い声に茶化されて、ようやく自分がキスをされたのだと気づき、希は焦《あせ》って立ちあがる。

「いやっ、ちがっ、今のは、今のはさ」

「あー、いい、いい。ちょい前から見てました。……ったくもう、菜摘も素直じゃないから……初恋《はつこい》の王子さまにようやく告った台詞《せりふ》が『嫌い』ってのはなんとも、らしいけど」

けろりと言われて、希は今度こそ声を裏返す。

「えええ!? だ、だって俺ずっと菜っちゃんに」

「んー、好きな子ほどいじめちゃうってヤツ？ 覚えありません？ ねえ」

どうかしら、と柚が同意を求めた先、不機嫌《ふきげん》も露《あら》わに顔を顰《しか》めた男は吐《は》き捨てる。

「………知るか」

柚の視線の先には、ぶっすりと腕を組んだ高遠の姿があって、希はますます青ざめた。

「ふ……ふたりとも、見てたの………？」

「こちらが希は知らないかってお尋《たず》ねだったんで。けどなんか邪魔《じゃま》しちゃ悪そうだったし」

ふふ、と笑う柚の笑みに、なぜか無邪気《むじゃき》とは言い切れないものを感じた希が顔を引きつらせていれば、深々と嘆息した高遠が、傲慢《ごうまん》に顎《あご》をしゃくる。

「行くぞ」

「あ、はい………」

今回のこれは事故のようなもので、別段叱《しか》られる類《たぐい》のものではないと思う。だが、高遠の不機嫌さの理由がもしも——もしも妬《や》いてくれてのものだとするなら、なぜか少し嬉《うれ》しいような気がした。

久々に見たきつめの端整《たんせい》な顔には、性懲《しょうこ》りもなくどぎまぎとする。

ステージ衣装《いしょう》のまま全身黒ずくめの彼は、いつもよりも引き締《し》まって見えるようだと思い、その後、頬《ほお》のラインがさらに鋭《するど》くなっていることに希は気づいた。

「痩《や》せた……？」

久しぶり、との挨拶《あいさつ》もないまま、ただ気になってそれを問う声は、心配げな響《ひび》きを孕《はら》む。

問いには答えず、ちらりと高い位置から希を見下ろした男は肩を竦《すく》めただけだったが、おそらくは図星だったのだろう。

短かった髪《かみ》は、ほとんど会わないひと月の間に、少しだけ伸《の》びたようにも感じた。

二週間ほど前、一度強引《ごういん》に抱《だ》かれた折りには、そうしたことにも気づかないほど煮詰《につ》まっていたのだと、そのささやかな変化を見つけた希は瞳を伏《ふ》せる。

「あ、希」

先に行く男を追って歩き出せば、呼び止めた柚に小さな声で、有り難《がと》うと告げられた。

なにもしていないと首を振り、だから同じように小さな声で『頑張って』と希は返す。

微笑みあって、おそらくはまた会うこともなくなるだろうかつての仲間を、心から応援《おうえん》したいと思った。

菜摘にはえらそうに言ったけれども、きっと自分なんかよりもずっと、彼女らは逞《たくま》しい。

その中でさらに険しい道を行こうとする柚は、すっかり大人の女性の顔をしていた。

それじゃあ、ときびすを返そうとすると、その大人の女性は、いたずらっ子のような顔でやや意地悪に笑いかけてくる。

「待って。……ついてるわよ」

「え、……うわ!?」

ここ、と唇を示され、菜摘の口紅が移ってしまったことに気づかされれば、希は顔中を赤らめて唇を擦《こす》った。

「シャツも、あーあ……マスカラ落ちないわよ、これ」

菜摘の涙《なみだ》とメイクが染《し》みついたTシャツを引っ張られ、気に入ってたんだけどなあ、とその指に摘《つま》まれた汚《よご》れを見下ろした希に、こっそりと柚は耳打ちをする。

「まあ……彼、かなりご立腹なんで、あと頑張って」

「えっ!? な、なにが……」

意味深なそれに、菜摘は知らないけどさ、と前置きした後、柚は恐《おそ》ろしい事実を告げた。

「古森の送ってきた、写真。なんでかあたし宛《あて》のが二通きて、それどうやら、あんた宛のだったんだよね……」

「なん……っ」

古森の脅迫《きょうはく》の際、希に送られたものは、高遠とのキスシーンだった。それが柚に見られたと知り、顔色《がんしょく》をなくし息を飲んだ希に、だから知ってるんだわと苦笑《くしょう》した柚は、心配するなと続けた。

「間抜《まぬ》けよね、古森も。多分、あんた宛の脅迫だけ遅《おそ》かったの、それだと思う……あ、そんなわけで、写真はあたしのとこで握《にぎ》りつぶしてます。破いて焼いてトイレに捨てたわ」

「あ……ありが、とう……」

突然《とつぜん》の事実に目を白黒させ、それでも礼を言うべきかとどもりつつ言えば、柚は首を振《ふ》った。

「今回こじれたでしょ、記事のせいで。……あれ、フェイクだったの、あたしの引退の」

ツアー半ばでの引退宣言は望ましくない、と事務所社長が猛反対《もうはんたい》したそうだ。柚自身は自分の口で、ファンにそれを告げたいと訴《うった》えたが、かなわなかったらしい。

「ツアー終わるまでは箝口令《かんこうれい》でね……そこにあの勘違《かんちが》い記事が来たもんで、ちょっと大人の相談があったのよ」

希と高遠の事実を知る柚は、申し訳なくもあったと詫《わ》びた。彼女曰《いわ》く、高遠と菜摘のゴシップに関しては、完全に記者の先走りであったらしい。

「あの場にはあたしもホントにいたの。菜摘には可哀想《かわいそう》だったけど……」

実際、柚の脱退《だったい》話は既《すで》に一部にはリークされており、それを誤魔化《ごまか》すためのかぶせ記事だったというのが実のところだったようだ。

「そんな……」

あれこれといっぺんに露呈《ろてい》した事実に、希はまだ現実感がない。ただぽかんと口を開け、柚を眺《なが》めているばかりだったが、その腕《うで》を後ろから強引に掴《つか》まれ、びくりと肩《かた》を竦ませる。

「……いつまでくっちゃべってる」

呆《あき》れかえった声の高遠に、希はまだぼんやりとしたままの視線を向けてしまう。居心地《いごこち》悪そうに顔を顰めた男の表情は随分《ずいぶん》ときつく、それに臆《おく》さず話しかける柚も強心臓だ。

「あらごめんなさい、お引きとめしちゃって。……けど、いい加減大人げなくありません？」

「放《ほ》っておけ」

挑発《ちょうはつ》するかのような物言いに驚《おどろ》いた希と、いかにも不機嫌そうに顔を歪《ゆが》めた高遠にもやはり怯《ひる》むこともなく、柚はさらに言葉を続ける。

「大体、希には話しておけばいいじゃないですか。あんな、高遠さん言うところの『コムスメのジャリタレ』に妬いてるくらいなら」

「おいっ」

いーこと教えてあげるね、と柚は希の腕を引き、高遠はますます顔を歪める。

「あのね、あの日３・１４に行きたいって言ったのはあたしだけど、楽しみにしてたのは実は菜摘だから」

「へ？」

あの態度でか、と希が目を丸くすれば、だから素直じゃないのよと柚はからりと笑う。

「高遠さんにべたついて見せて、あんたの反応見たかったのよ。けどまあ、まるっきり他人顔されたもんで苛《いら》ついちゃって、あのざまだったけどね」

あのざま、のところでちらりと柚が見た先には、むっすりとした背の高い男が髪を掻《か》きむしっている。

「おかげで楽しかったわもう！　希には悪いけど」

「柚さん……」

悪趣味《あくしゅみ》だよ、とがっくり希は肩を落とす。柚の言をそのまま受け入れるのはどうかと思えなくはないが、実際そう説明されれば、すべての状況に納得《なっとく》はいくのだ。

あの日の高遠の不機嫌さも、菜摘の尖《とが》りきった挑発的な態度も。

（もうみんな、癖《くせ》ありすぎ……）

吐息《といき》した希の腕を、いい加減にしろと高遠が引く。もう行く、と目顔で柚を牽制《けんせい》した高遠に、笑いを収めた彼女は真摯《しんし》な声で告げた。

「高遠さんにも……色々お世話になりました」

その言葉には、高遠も軽く頷《うなず》いてみせる。

「チケットでチャラだろう、その件は。……あとは東埜さんに言え」

どうやらここでも、大人のお話は成立していたようだ。短いセンテンスで含《ふく》むところの多い会話を切り上げ、希と高遠は出口へ、柚はまだもめ事の続いているらしい楽屋へとそれぞれの足を向ける。

振り返れば、真っ直《す》ぐに背筋を伸ばした柚が、軽やかな足取りで歩いていくのが見えた。

頑張《がんば》って、とその背中に声なき声援《せいえん》を送れば、それが聞こえたかのように彼女はひらりと細い指を二本、掲《かか》げてみせる。

それを見守った高遠に、またなにも告げられず腕を引かれ、その強い手の持ち主は随分《ずいぶん》足が速くて、小走りになってついて行くしかない。

「どこ……行くの？」

「帰るだけだ」

帰ってどうするのだと問おうかと思ったけれども、それもあまり意味のないことのような気がしてくる。腕を握りしめた高遠の手のひらは熱く、彼もまだあのステージの、高揚《こうよう》した時間を引きずっているのかもしれないと感じた。

苛立《いらだ》ちにも似た、急《せ》くような態度にもあまり不安を覚えなくて、案外と落ち着いている自分がどこか不思議だ。

（する、のかな）

ステージ衣装のままの高遠からは、かすかに汗《あせ》の匂《にお》いがした。気づいてしまったそれは決して不快ではなく、ただひどく胸の奥がざわざわとして——それは、この先の時間になにか通じるような、淫《みだ》らな匂いを感じ取っていたせいかもしれない。

この間の夜とは違い、自分の意志でここに来た以上、希はもう逃《に》げられはしない。それでかまわないとも思って、次第《しだい》に覚える緊張《きんちょう》は、吐息に紛《まぎ》らせて逃がす。

「……高遠さん」

「あ？」

相変わらず足の速い男に追いつこうと頑張りながら、それでも沈黙《ちんもく》は間が持たず、希は背中に声をかける。

「なんで、事情……話してくれなかったの」

「黙《だま》っておけと言われたからな」

聞けば答えると言ったのだから、この際なんでもぶちまけてしまえ、と希は考えていた。

「あと。……なんであの時、あんなに怒《おこ》ったの」

「……柚がなんだか言ってたろう」

苦々しく告げる高遠は、その話を切り上げたいらしい。早足に駐車場《ちゅうしゃじょう》の中を横切り、車のドアを開けて『乗れ』と促《うなが》してくるけれど、それでも希は食い下がった。

「高遠さんが、ちゃんと言ってよ。……俺、いっぱい泣いたし、落ち込んだし、怖《こわ》かったんだから！」

言葉が足りないのもほどほどにしてくれと、それだけは今回言ってやりたかった。言葉にしなければ、高遠の思惑《おもわく》も、自分の苛立ちも、互《たが》いに伝わるわけもないのだ。

わかってくれる『だろう』とか、言ってくれるのを『待っている』とか、そんなぐずぐずしたことをしていれば、またこじれてしまう。

先ほどの菜摘や、柚の瞳《ひとみ》にも負けない強さでじっと見つめれば、深く吐息した男は大きな手のひらで顔を覆《おお》った。

「いいから、乗れ」

「高遠さん！」

どうでも誤魔化すつもりかと希が声を上げれば、高遠は首を振ってみせる。

「中で話す。……もうすぐ、撤収《てっしゅう》が終わる頃《ころ》だから、早く出ないと帰れなくなる。第一、こんなとこでする話じゃないだろうが」

その言葉に、絶対だと念を押して車に乗り込んだ。

滑《なめ》らかに滑《すべ》り出した車中で、早く話せとせっつくように横顔を睨《にら》み続ければ、煙草《たばこ》に火をつけた高遠はようやく、覚悟《かくご》を決めたように口を開く。

「黙ってたのは、悪かった。……あの日も、やりすぎた」

「謝って欲しいんじゃないよ」

理由を聞かせろと言っているのだと、いつになく譲《ゆず》らないまま希が口を尖らせれば、高遠は今度こそ勘弁《かんべん》しろと顔を歪める。

「……どうでも、妬《や》いてたって言わせたいのかおまえは」

「だって……」

自分ばかり追いかけているようで、どうしても不公平に思うのだ。少しくらい、こっちのことで慌《あわ》ててくれてもいいじゃないかと、居直った希は思ったのだが。

「俺も似たようなもんだ、って考えないのか？　こんな年の離《はな》れた男より、年の近いコムスメの方が、いいかもしれないって……普通《ふつう》、思うだろうが」

「普通、って……」

考えた以上にあっさり、ストレートに答えられ、希はひっそりと赤くなる。

そうしてくれたら嬉《うれ》しいとは思っていたけれど、言葉にされればただ面《おも》はゆく、また信じがたいとも思う。

「だって、そんなの……信じられないよ……」

俯《うつむ》いて呟《つぶや》けば、まったく疑《うたぐ》り深い、と高遠は舌打ちした。

「おまえ、そういうとこだけは雪下さんそっくりだな……」

期せずして最も引っ掛《か》かっていた事柄《ことがら》をぽつりと漏《も》らされ、やはりかと希は唇《くちびる》を噛《か》んだ。

菜摘に関しては誤解が解けたものの、この件だけはどうにも承伏《しょうふく》できないものがある。

「……そんなに似てるの？」

「あ？　なにが」

「だから、玲ちゃん……そんなに、似てる？」

不安を隠《かく》せないままの声になにを思ったのか、高遠の瞳が一瞬《いっしゅん》見開かれる。ちらりと希を見やった後、何事かを思案するように煙草を忙《せわ》しなくふかした彼は、まさかと思うが、と言った。

「おまえ……とんでもない邪推《じゃすい》してるんじゃないだろうな」

「……似てるから、俺……とかじゃない、よね？」

「おい……!?」

気になっていた事柄をついに口にする。その瞬間、それだけは勘弁しろと顔を引きつらせた高遠に、希も負けじと言い返した。

「だって……！　みんな似てる似てるって言うし、高遠さんだって、なんか、俺のこと懐《なつ》かしそうに見てることあるしっ」

「似てねえよ！　まったくもって似ても似つかないだろうが！」

「だって似てるってさっきもっ」

「そういうとこ『だけは』って言ったんだ俺は、冗談《じょうだん》だろ！」

心底嫌《いや》そうに顔を歪《ゆが》めて、吐《は》き捨てるように高遠は言う。

そこまで嫌がることなのかと逆に希が驚《おどろ》いていれば、信号待ちの間深々と吐息した男は脱《だつ》力《りょく》したようにハンドルを握《にぎ》りしめた。

「おまえなんだって、そんな恐《おそ》ろしいことを考えるんだ……」

「だ、だって、じゃあなんであんな顔すんの？　どうして……」

自分のことを好きでいるのか、高遠ほどの男がそんなにもこだわるのかと問えば、頭を抱《かか》え込んだ高遠は、困り果てた声で呟くように言う。

「なんでもかんでも訊かなきゃ、気がすまないかよ……？　ほんとに、変わってねえ」

「え……？」

なにか、その言い回しに引っ掛かるような気がしたけれど、その瞬間流れ出した車が会話を途《と》切《ぎ》れさせる。対向車線のライトが何度も高遠の横顔を照らし、眩《まば》ゆいようなそれが彼の短くなった髪《かみ》にあたると、金色に透《す》けるような錯覚《さっかく》があった。

「――――……あ、っ？」

硬質《こうしつ》なシルエットに、覚えがあった。

金色に輝《かがや》く髪と、不機嫌《ふきげん》そうな横顔には煙草をくわえていて、子供の質問に面倒《めんどう》くさそうに、首を振《ふ》りながら答えるその様は、どこか遠く置き忘れていた思い出の中、確かに。

「高遠、さ……」

「今度はなんだ」

不快さや不安ではなく、どきどきと胸が高鳴って、喉《のど》の奥が塞《ふさ》がるような感覚を堪《こら》えながら希は、小さな声で問いかける。

「昔……もしかして、会ったこと……ある？」

その言葉に、高遠は一瞬だけ表情を変え、ゆっくりと瞬《まばた》きをした。その口元が、かすかに綻《ほころ》んだのを見て取れば、希のそれは確信に変わる。

「ね、……そうだよね、だってあれ……！」

高遠はなにも言わないまま、手元のカーCDプレイヤーを操作して、車内に音を流した。テナーサックスのやわらかな響《ひび》きが、うねるように希を包み、そうして忘れていた懐かしいその記憶《きおく》を、希は蘇《よみがえ》らせたのだ。

＊　＊　＊

もう十年近く前のある日のこと。それ、を言い出したのはやんちゃな菜摘だった。

「怒られるよー……」

「泣き虫！　知らないよっ」

コンサート開演待ちの空き時間、遊び盛りを仕事に潰《つぶ》された幼い少年少女はおとなしく待っていることにも飽《あ》きてしまって、ライブ会場を探検して回ることに決めたのだ。それもただ見て回るだけではつまらない。かくれんぼにしようと取り決めたのも菜摘で、おとなしい希がその鬼《おに》と決められた。

年長組で仕事熱心の古森や柚はマネージャーと共にステージの見学に既《すで》に行っており、この場で小さな女王さまを窘《たしな》めるものは誰《だれ》もいなかった。言い捨てられ、ばたばたと走っていったメンバーに置き去りにされた希は、半ばべそをかきながらも歩き出す。

言うことを聞かないとまた、どんな目に遭《あ》わされるかわからない。この間などは本番直前で希のマイクを隠されて、スタッフから散々に怒られる羽目になったりしたのだ。

「………菜っちゃん？　こーきくん……？」

忙しなく、気の荒《あら》そうな大人たちが行き来する楽屋裏を抜《ぬ》け、細長い通路に出る。どこまで歩いてもどこにも辿《たど》り着けないような場所をうろうろと動き回るうちに、希は本当に自分が迷子になってしまったことに気づいた。

（どうしよう……）

コンサートホールの裏側は、どこもここも似たような造りになっている。いつもは母親に家から連れられ、大概《たいがい》どこに行くにもべったりとされていたから、必要以外の場所を希はまったく知らなかった。

いくつも似たような道が続いて、右に行けばいいのか、左なのかもわからず、うろうろするうちに、ふと開いているドアに気がついた。なにか低い滑らかな音が聞こえて、ひとがいるかもしれないと感じた希は一縷《いちる》の望みを託《たく》し、そっとノックする。

「……はい？」

音色は途切れ、しばらくの間をおいて返ってきた不機嫌そうな声に、びくりと竦《すく》んだ。

(怖《こわ》いひと、かな……)

人見知りの希は、大抵《たいてい》の大人が苦手だ。自分の父親も母親もそうで、冷たい態度を取られるとどうしていいのかわからなくなり、言葉が出なくなってしまう。

「なんだよ……誰だ？」

「わ、っ」

うろたえ、立ち竦んでいる間に、面倒くさそうな声が聞こえ、ドアは大きく開かれた。

驚いて後ずされば見事にころりと転んでしまって、その小さな叫《さけ》び声に、ドアに手をかけた男はようやく視線を落とす。

「……なにやってんだおまえ」

楽屋に戻《もど》りたい、連れて行って欲しいと頼《たの》むつもりだった。しかし、見上げた先の男のあまりの大きさに驚いてしまえば、ただぽかんと口を開けてしまう。

「こら、ひっくり返ってないで立て」

「あ、は、はい」

鼻を鳴らした男はいかにもこの事態が億劫《おっくう》そうに見える。しかし希がきょとりと見上げたままでいれば、腕《うで》を取って立ちあがらせてくれた。

（どうしよかな……）

なんとなく、ドアの向こうに引っ込んだ彼の後ろについて部屋に入ってしまったけれども、別段それでも出て行けとは言われない。

ただ、子供相手に無言でいるのも気詰《きづ》まりなのか、部屋をうろつき黙《だま》って窓を開けた後には、やはり手持ちぶさたそうにソファにどかりと腰《こし》を下ろした。

「……なにやってんだ」

「え？」

「座るなら座れ」

自分に愛想《あいそ》をふり撒《ま》かない大人は久しぶりで、不思議な距離《きょり》を保ったまま、希は小さな身体《からだ》をソファに埋《うず》める。

無口な男の髪は金色に染まっていて、耳にはいくつものピアスがある。不機嫌そうに顰《ひそ》められた眉《まゆ》や、引き結んだ薄《うす》い唇《くちびる》は、人見知りの希にとっては本当ならとても怖く感じてしまう類《たぐい》の表情なのに、恐ろしいとは思えなかった。

なぜなら今、希の髪を揺《ゆ》らして通り抜けた風に、白く濁《にご》っていた部屋の空気が清々《すがすが》しく透き通ったからだ。彼が窓を開けたのは、おそらく先ほどまでの煙草《たばこ》の煙《けむり》や匂《にお》いを逃《に》がすためだったのだと知って、希はほっこりと胸が暖かくなる。

そして実際、男は間がもたなそうにしながらも、すぐ目の前のテーブルの上、封《ふう》を切ったばかりの煙草には手もつけようとしないのだ。

基本的に彼はさほどにこやかではないようだし、希にしても、プライベートでは本当に人見知りで、自分から積極的に話しかけられるタイプではないから、沈黙《ちんもく》はどこまでも長引いた。

彼の大きな拳《こぶし》二つ分ほど間を空けて腰掛《こしか》けていたけれど、しんと静まった部屋の中ではやはり、どうしても気詰まりなものも感じる。邪魔《じゃま》をしたのがこちらだという意識があるからなおのこと、希はどうしようと大きな瞳《ひとみ》をうろつかせた。

そうして、雑然とした控《ひか》え室の中でひどく目につくものに、自然と目が吸い寄せられる。開かれた黒いケースの中、金褐色《きんかっしょく》の楽器は間近で見れば大きく、希が抱えるには両手でもなければ無理なように思われるほどだった。

「………きれいだね」

「あ?」

ぽつりと、言葉が口をついて出た。流されるかと思っていれば、男はちゃんとこちらに目を向けてくれるからどきどきして、これ、と華奢《きゃしゃ》な指で示してみせる。

「なんていうの?」

「………テナーサックス」

「お兄さんの?　だよね」

「昨日もお前の後ろで吹《ふ》いてたろうが」

わかりきったことを訊《き》くな、と呆《あき》れたように告げられ、希は肩《かた》を竦める。

「ごめんなさい……後ろとか、あんまり」

見ている余裕《よゆう》などいつもなくて、自分のパートをこなすのが精一杯《せいいっぱい》の希は、当たり前のように自分の背後で音をくれている人々のことなど考えたこともなかった。ひどくそれが申し訳ないことのような気がして俯《うつむ》けば、隣《となり》に座った男は長い吐息《といき》をする。

「……なんか、ジャリタレっぽくないな、おまえ」

その言葉に、希は俯いたままで唇を噛《か》んだ。

「ご……めんなさい」

アイドルとしてもう少し自覚を持てと、母やマネージャーによく叱《しか》られる言葉を彼も紡《つむ》ぐのかと思えばなんだか哀《かな》しくて、しかし自分がなぜそんなことを思うのかもわからないまま、慣れた謝罪を口にする。

「なんで謝る？」

「………え？」

しかし、抑揚《よくよう》のない低い声音《こわね》が告げたのは意外そうなそれで、希は驚《おどろ》いて顔を上げた。

そうして「言っておくが」と、相変わらず不機嫌《ふきげん》な表情で続いた言葉はあまりに予想外で、希の大きな瞳がさらに見開かれる。

「――俺は、ガキのくせに世慣れて気味の悪いのは、嫌《きら》いだ」

「あ………」

「ついでに、愛想笑いばっか上手《うま》いようなのも好きじゃない」

ぶっきらぼうに、まるで吐《は》き捨てるようなそれなのに、希の胸はまた、ことんと小さな音を立てた。ひねくれた言葉ではあるけれど、言い換《か》えれば、希自身を決して否定してはいないということだとわからない希ではない。

「……なに笑ってんだ」

なんだか照れくさくなってこっそりと笑《え》みを浮《う》かべれば、気づいた彼に小突《こづ》かれた。それでもちっとも痛くも怖くもなくて、むしろ気安いようなそれが嬉《うれ》しい気がする。

「これ、触《さわ》ってもいいですか？」

ほんの少し気の緩《ゆる》んだ希は、目の前にあるきらきらとした楽器に気を惹《ひ》かれる自分が抑《おさ》えられなくなった。

普段《ふだん》であれば、初対面のしかも名も知らない大人に、こんなおねだりのようなことを言える性格でもない。

多分これはとても、目の前の相手にとって大事なものに違《ちが》いなかった。それなのに、隣にいる青年にはなぜか、素直《すなお》に自分の気持ちを告げることができる。

（なんでかな？）

一瞬《いっしゅん》だけそんな自分を不思議にも思ったが、きっとこの、やたらきっぱりしたものの言い方のせいだと気がついた。

この世界に足を踏《ふ》み入れてからというもの、ずっと希を怯《おび》えさせている、大人たちの瞳の奥に透《す》けてみえるグレーな感情が、無愛想な男にはまるで感じられないからだ。

渋《しぶ》りながらＯＫしたり、後になって不快さを訴《うった》えたりするタイプなら、希はそんなことは口にできない。

だめならだめ、いいならいいと、男ははっきり口にするだろうし、そしてそれは本当に、言葉のままの意味しかないのだろう。

「汚《よご》すなよ」

「うん！」

断られたら諦《あきら》めようと思っていただけに、了承《りょうしょう》を告げるそれがたまらなく嬉しかった。

ごしごしと自分の手をシャツで拭《ぬぐ》って、おっかなびっくり手を伸《の》ばせば、ひんやりと冷たい。複雑に、いくつものボタンがあって、これをどうすれば音が出るのだろう、と不思議に思う。

「……吹いてみるか？」

「いいの？」

飽《あ》かず熱心にそれを撫《な》でていると、背後からまた意外な言葉があった。驚きと喜色を隠《かく》せないまま振《ふ》り返れば、まるで犬でも呼ぶように、長い人差し指がちょいちょいと動いて希を呼ぶ。

「おまえじゃ持ってらんないだろ。ここ座れ」

「は、はい」

邪魔っけなほどに長い脚《あし》を大きく広げ、その間に座るよう促《うなが》された。すぽんと小さな空間に収まった希は、日頃《ひごろ》スキンシップが結構苦手な口であるのに、彼の広い胸に背中を預けることにはまったく抵抗《ていこう》がなかった。

希には一抱《ひとかか》えもあるようなサックスを、男は片手で軽く持ち上げる。マウスピースをセットする手つきも慣れたもので、希は感嘆《かんたん》と共に長い指をじっと見つめた。

「………ここ、くわえて。で、吹いてみろ」

「う？　うん」

ほら、と後ろから抱《だ》き込まれたまま、大きな手に支えられたサックスにおそるおそる口をつける。そうして笛を吹く要領で、空気を送り込んで見たのだが。

「………あれ？」

ぷすう、となんとも情けない音がした。希の小さな頭に顎《あご》を載《の》せるようにした男が声もなく笑ったのが、背中に伝わる振動《しんどう》で知れて、なんだか悔《くや》しくなってしまう。

「うー………む、ぷー………！」

「………口で音出してどうすんだ」

精一杯に頬《ほお》を膨《ふく》らませ、繰《く》り返しても聞こえるのは希のうなり声だけだ。背後の男ももう笑いを隠しきれないようで、くっくっと喉奥《のどおく》で笑っている。

「鳴らないよう……」

「ま、そうだろな。………おまえの肺活量じゃ無理だろ」

わかっていたなら笑うことはないのに、と思いながら、聞き覚えのない単語に希は彼を見上げた。

「はいかつりょーってなに？」

「あー……身体《からだ》が小さいってことは、息の量も勢いもないってことだ」

さらっと返されて、やっぱり意外なひとだと思う。普通《ふつう》、こうしたわからない単語の説明を求めると、大抵《たいてい》の大人は面倒《めんどう》がって「調べなさい」とか「今度ね」とかで誤魔化《ごまか》すのに、このひとはちゃんと子供にわかる言葉で教えてくれる。

「ま、いい。ちょい、どけ」

「うん」

目の前のサックスを持ち上げられ、遊びの時間は終わりなのかとがっくりしながら、ぴょいと希はその膝《ひざ》から降りた。するとなぜか、男も立ちあがる。

（………わあ）

この部屋に訪れた時も感じたことだが、本当に彼は背が高い。目の前に立ちあがられれば、希の身体は彼の腰《こし》までにも届くか否《いな》かというところだ。テナーサックスが彼の手にあれば随分《ずいぶん》と小さく見えて、不思議だった。

（おっきいんだなあ………それに）

金色の髪《かみ》に、端整《たんせい》な顔立ち。すっきり長い手足は、今まで仕事で出会ったどんな俳優よりも整って見える。

かっこいいなあ、とぼんやり見とれていると、すう、と彼は深く息を吸った。

「え………」

次の瞬間、深みのある音が流れ込んできた。軽く目を閉じた彼は、あの複雑なボタンを滑《なめ》らかに動く指で操《あやつ》り、とてもやさしい音楽を奏《かな》でている。

（うわあ、うわあ、うわあ………！）

耳にしたことのないような少しもの悲しい、けれど豊かでやわらかいメロディ。低音のそれはとてもゆったりと伸びやかで、希は小さな身体を震《ふる》わせた。

ステージやテレビの収録では、バック演奏で一番耳にするのはエレキギターやキーボードのデジタルな音色が多く、ホーンセクションの音は正直言って、途中《とちゅう》のフェイクに聞こえてくる程度だ。

そうして最もメインなのは結局、希ら幼い少年少女の甲高《かんだか》い歌声になるから、自然、低音のものは人の意識には残らない。

華《はな》やかで押しが強い、けれどどうしても軽薄《けいはく》さの拭えない曲は、確かに流行ポップスとしては王道であるけれど、正直、希自身は自分の歌をあまり好きではなかった。

同じジャンルにある他の音楽も同様で、やかましくて頭が痛くなる時もあるほどだった。

しかしその対極にあるような甘く低い音は、歌うことを義務づけられ、違和感《いわかん》を持ち続けていた希の中に、するりと入り込んでくる。

（きもちいい………）

いつも自分が歌っている、飛び跳《は》ねるような曲ではなく、ゆらゆらと波間に漂《ただよ》うようなやわらかい音。それはどこか、今音楽を奏でる青年自身の声にも似ているようで、うっとりと希は聴《き》き惚《ほ》れた。

「………まあ、こんな感じだ」

「あ……」

ふわり、と終わりまでも滑らかな余韻《よいん》を残して音が消えた時、夢から覚めたような気分になった。正気付いた瞬間、思わず小さな手のひらは拍手《はくしゅ》を贈《おく》っていて、顔を顰《しか》めた男にやめろと言われる。

「すごいね、すごいね……！」

ため息のようにそれを繰り返すより他に、言葉にならなかった。どきどきと胸がせつなく、哀《かな》しくないのに泣きたいような感情を、幼い希はまだどう言い表せばいいのか知らなかった。

ただ小さな手を握《にぎ》りしめて、とても感動したのだと伝えたいのにできなくて、もどかしく言葉を探す。

「いまの、なんていう曲？」

「――……知らない」

足踏《あしぶ》みでもしたいほどに落ち着かない興奮を味わいながら問えば、どさりとソファに腰掛《こしか》けた男は素っ気なく答える。

「えと、じゃあ誰《だれ》のですか？　ＣＤとか出てますか？」

どうしてももう一度聴きたい。できればこの彼が演奏した音源が残っていることを願い、絶対にお小遣《こづか》いで買おうと意気込んだ希のそれは、かすかに苦笑《くしょう》した男の言葉にあっさり却下《きゃっか》された。

「だから、ないんだ。即興《そっきょう》」

「えっ？」

「適当に吹《ふ》いた」

答えは、さらに希の目を丸くするようなものだった。

「じゃあ、いま作ったの⁉」

「作ったってほどでもねえよ」

もういいだろ、と大きな手のひらを振った彼が、照れているのだとは気づけないまま、希はきらきらと光った大きな瞳《ひとみ》で見上げ、すごいね、とまた呟《つぶや》いた。

「これ、これCDにならないの？」

「あのなあ……」

そのまっすぐ過ぎる視線に困り果てたように唇《くちびる》の端《はし》を歪《ゆが》めた彼は、少しばかり苦い口調で呟くように言った。

「音源残しゃいいってもんじゃない。消費のための音楽なんか、他《ほか》に山ほどあんだろ」

「……ん？」

よくわかんない、と眉間《みけん》に皺《しわ》を寄せた希は、それでも彼の言葉があまりいい意味ではないことだけは理解できた。首を傾《かし》げた希に、漏《も》らした言葉が自分でも不用意だったのか、男は皮肉っぽく笑ってみせる。

「なんでもかんでも残すためにあるんじゃないってことだ」

「じゃあ……CD、ほんとにないの？」

「ねえよ」

そのあっさりした言葉に、今度こそ衝撃《しょうげき》を受ける。音楽というのは、なにもかも決められて、繰り返し流すCDやテレビの為《ため》に作られるものだと思いこんでいた希には、一瞬《いっしゅん》で消えてしまう、そんな音があることがどうしても不思議に感じられた。

「じゃあ……もう、聴けないの……？」

それ以上に、あのやさしい音を二度と聴けないのかと思えば、なんだかがっかりしてしまう。しょんぼりと小さな肩《かた》を落とした希に、なぜか彼はとてもやさしい声を出した。

「……ああいうのは、ライブだからいい。その場その場の空気とか――……そういうので、できてるから」

「でも……きっとみんな、聴いたら、すごいって思うのに」

とてもすてきな音だったのに。包まれているようで、気持ちよくて、ずうっと聴いていたかったのに。自分の耳の中にしかそれが残っていないことが、残念でたまらないと瞳を潤《うる》ませれば、ぽん、と大きな手が頭に載せられる。

「別に、みんながみんな聴かなくてもいいだろ。おまえがそう思ったなら」

「……え？」

小さな頭から手のひらを離《はな》すと同時に口を噤《つぐ》んだ彼は、それでおしまい、と肩を竦《すく》めた。

あまりしつこいのもどうかと感じてもいたが、さらりと告げた言葉になんだかどきどきして、唇が勝手に声を発してしまう。

「……ぼくだけで、いいの？」

「そりゃそうだろ。おまえに聴かせたんだから」

マウスピースの手入れをして、大事そうにサックスをしまいながらの青年は、どうでもいいことのように答える。その温度の低そうな声とは裏腹に、希の身体は急激に暖かくなった。

（ぼくだけのなんだ……）

自分だけの、一度限りの曲。とてもそれは贅沢《ぜいたく》な宝物のように思えて小さな唇が綻《ほころ》ぶ。

ぎゅうっと胸の前で手を握り合わせて、その中にあるものをずっとしまっておこうと思った。

忙《せわ》しない日々の中、アイドルという商品と化している希は、自身さえも既《すで》に、自分のものではないことをおぼろに察していた。

みんなと同じように笑って、同じように考えて、同じように歌って。グループの中でも和を乱してはいけないから、今日のように気乗りのしない遊びにも付き合って。

そんな毎日の中では、本当に自分が誰なのかわからなくなることも多かった。ふと気づけば身体《からだ》の中ががらっぽで、オフの時間にもなにをしていいのかわからなくて戸惑《とまど》う、虚《むな》しいようなその感覚に、既に違和感さえ覚えなくなって久しい。

その、空洞《くうどう》のような胸の中に、いっぱいに満ちた自分だけの音楽。短かったけれど、幻《まぼろし》のようなそれがようやく、希のかたちを決めてくれた気がする。

「……りがと」

ぽつんと呟いたそれが、彼に聞こえたのか聞こえなかったのかわからなかった。

どっちにしろまた、ふんと鼻で笑って終わりにするだろうこともうわかっていて、それでも希はとても、とてもとても、嬉《うれ》しかったのだ。

希が感動を噛《か》みしめている間にまた仏頂面《ぶっちょうづら》に戻《もど》り、ふうっと深い息をついた彼は、少しばかり物欲しげな視線で煙草《たばこ》を眺《なが》めていた。吸ってもいいよ、と希が言えば、しかし首を振《ふ》る。

「おとーさんで慣れてるよ？　いつも、家で吸ってるし……」

かまわないのにと、申し訳なく思いながら言い募《つの》れば、切れ長の瞳が眇《すが》められる。

「ボーカルの大事な喉《のど》、もう少し考えろつっとけ、おまえのオヤジに」

「……ぼく？」

ぼそりと呟かれ、自分を指させば頷《うなず》かれた。そうしてひどく、恥《は》ずかしくなる。

（そんなんじゃないのに……）

なにがなんだかわからないまま、ただ声を出しているだけの希にくらべ、あんなに美しい音を奏でる彼は本当に音楽のプロなのだと、幼いながらも理解できた。

「おまえの喉は、俺のコレと一緒《いっしょ》だろ」

少し窘《たしな》めるような声で告げられ、だから深く頷く。いつも小言を言う大人たちとは違《ちが》い、きりきりとした様子もなくただ、当たり前のことだろうと言う彼の言葉は、先ほどの音楽と同じように希の身体に染《し》み渡《わた》った。

「あ……」

ふと気づき、ちらりと時計を見れば、もうしばらくでリハーサルが始まる時間になっていた。

まだ希たちの出番は先だったけれど、いずれにしろこの男と一緒の時間は限られている。

もう会えないかもしれないと感じた瞬間、足下がくらりと揺《ゆ》れるような気分になった。

痛切《つうせつ》に、もっと一緒にいたいと感じたこれがなんなのかわからないまま、そういえば今さらに彼の名前さえも知らなかったことに思い至る。

「あ……あのね」

『希！　のぞむー!?』

せめて名前だけ教えて、と言いかけた瞬間、ドアの向こうから叫《さけ》ぶような声が聞こえ、びくりと身体が強《こわ》ばった。

『希、どこなの！　出てらっしゃい？……本当にもう、探検なんて菜摘ちゃんも……』

「……呼ばれてんな」

ヒステリックにさえ響《ひび》く声で探しているのは母の真優美《まゆみ》だった。それに対し、あっさりと呟いた彼にも夢のような時間が終わりを告げたことを知らされ、希の表情はみるみるうちに曇《くも》っていく。

しかし、次の瞬間聞こえてきたざらざらと耳障《みみざわ》りな声に、そんな感傷さえも吹き飛ばされた気分になる。

『まあまあ……まだ子供ですから』

「――――……っ！」

びくん、と身体を硬直《こうちょく》させた希にただならぬものを感じたのか、長い指を軽く顎《あご》に当てていた男がふっと顔をあげ、どうした、と問いかけようとした。

『ほんとに申し訳ありません、せっかく草野《くきの》さんがいらしてるのに……』

しかし次の瞬間、平身低頭といった真優美の言葉に、さらに肩を震《ふる》わせた希は小さな声で、男にせがみ、彼の声はそのまま喉奥に消える。

「……すけて」

「は？」

「お願い、いないことにして、お願い……！」

必死に縋《すが》った希に、わけがわからない顔をしたのは一瞬で、声を出さないままの男はそのシャープな顎でドアの外を示す。がくがくと頷けば、少しばかり思案顔を浮《う》かべた後で立ち上がり、その長い腕《うで》を差し伸《の》べた。

（わっ……！）

片腕で立ちすくんでいた希を軽々と持ち上げ、もう片腕で壁《かべ》にかけてあったコートを摑《つか》むと、もう一度彼は今まで腰掛《こしか》けていたソファに戻る。

（なに、なに!?）

わけがわからないまま目を瞠《みは》っていれば、男は長い指をひとつたてて、その薄《うす》い唇の前に当てる。黙《だま》っていろのサインに頷けば、ぽん、と肘掛《ひじか》けのあたりに落とされ、ほっそりとした手足を折りたたむようにされた後には、目の前が真っ暗になった。

ばさりと大きなコートが被《かぶ》せられ、その上になにか重く硬《かた》いものが立てかけられる。ごりごりした感触《かんしょく》を、なんだろうと思う暇《ひま》もないまま今度は、希のくるまれたコートの上から、長い肘が載せられた。

「すみません、失礼します」

「………はい？」

ノックの音と同時にドアが開く音がしたのはその瞬間で、苛立《いらだ》ちを隠《かく》せない母の声に対し、やや間をおいた青年の声は、いかにも億劫《おっくう》そうなものだった。

「なにか？」

「こちらに、Ｕｎｂａｌａｎｃｅのメンバーがお邪魔《じゃま》してませんでしょうか」

ふうっと息を吐《は》き出す音がして、希を隠してくれた彼が煙草を吸ったのがわかる。ゆったりとしているようで雄弁《ゆうべん》な沈黙《ちんもく》は、「見ればわかるだろう」と言っていた。

ついでに多分あの、色の薄い瞳《ひとみ》で睨《にら》むように流し見でもしたのだろう。真優美のむっすりとした気配がわかり、希は小さく苦笑した。

「……おいきみ、答えろよ。こちらは困ってるんじゃないか」

しかし、そこに被さった声には胃の奥が竦み上がるような気分になる。

草野はディレクターというやつで、希らＵｎｂａｌａｎｃｅがレギュラー出演する番組の関係者だ。年齢《ねんれい》は四十を越《こ》えているらしいが業界人らしく若作りで、軽薄《けいはく》な印象のある男だ。

そして、希が今おそらく、世界中で一番忌《い》み嫌《きら》っているのもこの男だった。

「困ってるもクソも、見りゃわかるじゃねえかよ」

「なっ……どういう口の利《き》き方だ、おまえ!?」

草野からすれば、おそらく二十歳《はたち》そこそこの若造にまさか、こんな乱暴な言い方をされると思いもよらなかったのだろう。持ち上げられ慣れた中年はかっとなったように声を荒《あら》げ、真優美の気配も険しくなる。

「どこのプロダクションだ、ああ!? 失敬な!」

「……ねえよそんなもん」

「バカを言うな! まさか貴様、部外者か!?」

「ああ……?」

いかにも訴《うった》えてやるぞと言わんばかりの草野に対し、呆《あき》れかえったような青年の声は随分《ずいぶん》と低い。びりっとその場の空気が尖《とが》って、コートの下で希が身を竦《すく》めれば、身体の上にある長い腕が何気なさを装《よそお》って、そっと力を加えてくる。

(あ……)

かすかな感触の違い、それだけなのに、抱《だ》きしめられたような安堵《あんど》が襲《おそ》ってきて、希は気づかれぬようにそっと息を吐く。おそらく、彼が忙しなく煙草を吹《ふ》かしているのも、この呼吸音を誤魔化《ごまか》すためなのだとそうして知った。

緊迫《きんぱく》した空気に胸を高鳴らせていれば、またドアがノックされる。

「てぃーっす、おい、通しリハぼちぼちだー……って、なんだ?」

「スタッフか!? おい、こいつはなんなんだ!」

「は？　なにあんた、ダレ」

おそらくはバックメンバーのひとりである、ギタリストのようだった。加勢《かせ》というそのバンドマンはこのツアー中ずっと一緒だったから、希も声でわかる。派手な赤い長髪《ちょうはつ》の痩《や》せた彼は、ルックスに似合わず人当たりがよくて、希にもやさしかった。

「大体部外者をこんなところにおいておいて、大事なアイドルになにかあったら、誰《だれ》が責任取るつもりだ！」

「………は？　おいおいなに言ってんの、オッサン」

まくし立てた草野に、鼻白んだような加勢の声がした。

「部外者そっちだろ？　こいつは今回、急に欠員出たからっつってごり押しで頼《たの》まれたから来てくれたんだぜ？　大体、あんたこそ誰よ」

「な………」

吐き捨てるように言われ、草野が言葉を失った瞬間、部外者扱《あつか》いされた男は喉奥で笑いながら言った。

「俺は今すぐ帰ってもいいぞ？　加勢」

「うっわ勘弁《かんべん》してくれっ！　今度こそ穴あいちまうじゃんかよ！　初見でフルパートついてけんのおまえくらいしかないんだっつの！」

「んなこた、俺は知らねえよ」

「ああ、もうそんなこと言わずに頼むって！　本気でお願い！………つうかオッサン帰れよ！　アンタなに言ったんだよもう、マネージャーさんも余計なの連れてこないで！」

「ちょっと、あの」

「な、わ、私は」

焦《あせ》りのあまり怒《おこ》りちらし、草野もろとも真優美を追い返そうとする加勢に、彼は低く笑った。

「笑ってないでマジ、頼むな⁉　勝手に帰るなよ⁉　後二十分でリハな！………っておい月岡《つきおか》ちゃーん、清水《しみず》警備呼んでこいつ追い出して！」

「なんっ、おま、おまえ……‼　私を誰だとっ」

「知るか、ボケ！　あいつの機嫌損《きげんそこ》ねてくれたらてめえ、どう責任取るんだよ！」

乱暴にドアが閉められた。ぎゃあぎゃあと言い争いながら賑《にぎ》やかな一団は去り、ひとしきり笑い続けていた男は、その声が遠のいたのを確認《かくにん》した後、希をくるみこんだコートを叩《たた》く。

「出てきていいぞ」

「………ふわ」

ぎゅうっと丸まって緊張《きんちょう》していたせいか、コートから抜《ぬ》け出した希はまるで、水面からあがった時のような息をついた。ごつんとその瞬間《しゅんかん》に倒《たお》れ込んできたものはサックスケースで、大きなそれがコートと一緒《いっしょ》に希を隠してくれていたのだと知る。

「ありがとうございました……！」

ソファの上に正座するようにして、希はぺこんと頭を下げた。しかし、それに対しても軽く肩《かた》を竦めただけで、男が言ったのはこんな一言だ。

「頭、くっしゃくしゃだぞ」

「わわっ」

メイクさんにまた怒られる、と不器用な両手を頭にやるが、希のやわらかい髪《かみ》はもつれてしまっていた。

「……なにやってんだ、ほら」

嘆息《たんそく》して、長い指がざくざくと髪を梳《す》いてくれる。頭を一摑《ひとつか》みにされそうな手のひらは、まったく不意打ちで触《ふ》れてくるのに驚《おどろ》くが、それでも希は不快とは思えない。

(なんでかな……)

むしろなんだかうっとりしてしまって、つむじに絡《から》まった髪をほどく手に身を預けていれば、希がぼんやりしている間に男は何事か考えていた様子だった。

「……あいつ、Sテレのディレクターか？」

「うん……知ってるの？」

沈黙の後、苦い声で問うそれにこくりとすれば、なるほどな、と彼は吐息した。

「噂《うわさ》はな。なんだ、嫌味《いやみ》でも言われたか」

草野の悪名は、希が思っている以上に高いらしい。どうしてそれを真優美が知ってくれないのかと思いつつ、笑いながらの問いかけには口ごもった。

「……あの」

ずっとひとり、思い悩《なや》んでいたことを、名前も知らない相手に打ち明けていいものかという迷いはある。それでも、誰かに知ってもらいたい気持ちが思っていたよりもずっと強くて、希は何度も逡巡《しゅんじゅん》した後に、消え入りそうな声で呟《つぶや》いた。

「なんか、気持ち悪いこと、するの………あのおじさん」

その瞬間、髪をほどいていた指がぴたりと止まる。男の気配が険しくなって、希はびくりと肩を震《ふる》わせた。

「――――…なに？」

鋭《するど》い問いかけに、なにかとんでもないことを自分が言ったらしいと悟《さと》った。硬直《こうちょく》し、どうしようと不安げに顔を歪《ゆが》めれば、大きな手のひらが両肩にかけられた。

「なにがあった」

「あ、あの………ぼく、あの」

今までとは比べようもない険しい表情に、責められているような気分になりながら青ざめれば、そうじゃない、と男は肩を叩いてくる。

「おまえに怒ってるんじゃない。言ってみろ。気持ち悪いことって、なんだ」

不安で涙目《なみだ》になりながら上目に見た男は、真剣《しんけん》な表情で覗《のぞ》き込んでいた。その色の薄《うす》い瞳はまっすぐに希を見つめて、力強い視線に少し、勇気づけられる。

「……………おこらない？」

「ああ」

「でもね、なんかね、お母さんに言ったら怒られたから………変なこと考えて、嫌《いや》な子って言われたから……」

「俺はおまえのおふくろさんじゃない。変かどうかは、誰がそうなのか、話を聞いて考える。

――いいから、言え」

彼が怒らないと言うのなら、そして希を責めないと言うのなら、それは真実だ。

少しだけほっとしながら、こくんと息を飲んだ希は、ひどく嫌な気分を堪《こら》えながら震える唇《くちびる》を開いた。

「今、あの、ぼくね。半ズボンでしょう？」

けれどどこから言っていいのかわからなくて、要領を得ない話し方しかできない。それでも男は苛立《いらだ》つこともせず、一言ずつに頷《うなず》いてくれる。

「こ、こういう格好してると、なんか……触《さわ》られる」

その言葉に、ふっと男の両手が浮《う》き上がろうとしたが、捕《つか》まえていてと希はその長く逞《たくま》しい腕《うで》を摑《つか》んだ。

「ひとがね、いないとこで、いきなりだっこされたり……なんか、それで」

話しているうちに感情が高ぶってきて、ひくりと喉《のど》が鳴った。うぐうぐと息を飲んで堪えながら、とつとつと言葉を探す間に、叫《さけ》びそうな感情の波が小さな身体《からだ》を揺《ゆ》らす。

それでも、大きな手が力強く自分を捕まえてくれていて、とても嬉《うれ》しかった。

「膝《ひざ》とか、おっぱいのとこ、とか、……あと、お、おちんちんもね、なんか……こっから、手、いれて、くるの」

しゃくり上げながら、ずっと誰にも言えなかったそれを吐《は》き出して、本当に自分が怖《こわ》かったのだと思い知らされる。

(希くんは可愛《かわい》いねえ……おじさんはね、同じ年の子供がいるからね、こうしてかわいがりたくなるんだよ)

嫌な表情を浮かべてしまえば、草野は毎回言い訳のように薄笑《うすわら》いを浮かべながらそう言った。

希の父親はスキンシップをあまり好まず、だから慣れないのかとか、幼い希にはその不快感の所以《ゆえん》がよくわからなくて、そんなものなのかと思うしかなかったけれど。

「それだけか……っ？」

呻《うめ》くような、険しい表情の男の声に、やはりあれは『嫌なこと』だったのだと知る。

「っあ、あとなん、なんか、だっこされるとね、変なふうに……なんか、ぐりぐりって…」

卑猥《ひわい》に腰《こし》を押しつけ、はあはあと息を切らせる草野のあれをなんと言っていいのかわからないまま希が唇を震わせる。

涙声《なみだごえ》の告白に、目を瞠《みは》った男は震える息を吐いた後、短く鋭い声を発した。

「んの……くそったれ！　こんなガキになんてこと……っ」

「っ！……ふ、うえっ、えっ」

そのきつい声にぽろりと涙が零《こぼ》れる。それでも、自分に対して彼が怒鳴《どな》ったのでないことは、耐《た》えきれないようにぎゅっと小さな身体を抱《かか》え込んだ男の腕の震えで理解できた。

「我慢《がまん》すんな……」

苦々しい声で、それでも許すように背中を叩いた手つきは、なぜかひどく不器用に思えた。泣く子供をどうあやせばいいのか惑《まど》うように、彼は吐息する。それでも決して希を離《はな》さないまま、じっと背中を撫《な》でてくれる。

「えうっ、うっ、う……っひ、ふえええ……っ！」

許されて、ついには声があがった。胸の閊《つか》えを吐き出すようにわんわんと泣く希は、広く暖かい胸にその涙を全部吸い取ってもらうように、小さな顔を押しつける。

テレビ出演の折々に、草野はしつこく希につきまとっていた。年長の柚などはなにか思うところがあったようで、時々連れて行かれそうになる希を捕まえ、「あいつにはついていくな」と教えてくれたけれども、所詮《しょせん》守りきるには彼女も幼すぎる。

力ないまま、誰《だれ》か助けてと叫びたくても、母親は懐柔《かいじゅう》され、周りに言うにも誰に打ち明ければいいのかすらわからず——また、性的なこととは知らないながらも、なにかこのことがとても『おかしい、いけないこと』だと本能的に悟っていたからよけい、じっと耐えるしかなかったのだ。

「後はなにも……痛い、こととかされてないな？」

「んぐっ、ん……っ、んっ」

えずくほどになった身体を抱え上げられ、膝に乗って男にしがみついた希は、こくこくと必死に頷く。

「わかった。……おまえ、名前は？　名字はなんていう」

「……っき、ゆきした、のぞむ………」

「雪下？」

咳《せ》き込みながら答えれば、しかし次の瞬間男は意外そうな声を出した。

「ああ………そうか、おまえ、玲二って叔父《おじ》さんいるか」

ものやわらかな叔父は、滅多《めった》に会ったことがない。あまり両親と仲も良くないようだが、希は結構彼が好きだった。

「れ……ちゃん？　いる、よ？」

なんで知ってるの、ときょとんと見上げれば、なるほどと彼は吐息する。

「わかった。………わかったからもう、泣くな」

俺は衣装《いしょう》がこれだ、とぐっしょりになったシャツをつまみ上げられ、まだしゃくり上げながら希は焦《あせ》ってしまう。

「ごっめ、ごめ、なさ」

「いいからもう」

泣きやめ、と大きな手のひらにやわらかな頬《ほお》をぐいぐい擦《こす》られ、結構な力に少し痛いと感じたけれども、おとなしく希は目を瞑《つぶ》る。

「声も、嗄《か》れちまうだろ。ボーカルなんだから、喉はちゃんとケアしろ」

「………う、うん」

まだ少し洟《はな》を啜《すす》りながら、窘《たしな》める言葉で気遣《きづか》う彼を知って、ふと気持ちがゆるやかに凪《な》いでいくのがわかった。

大柄《おおがら》な青年の身体の上、向かい合うようにして抱《だ》きしめられているのに、少しも怖くなかった。それどころか、この広い胸の中から出て行きたくないと、せつなく願う。

(……いっしょに、いて……)

あんまり笑わないけれど、声も態度もぶっきらぼうだけれど、幼い希の短すぎる人生の中でも、こんなに安心できる人は今までにいなかった。父親はどこか遠くて、母はこの一年で人が変わってしまって、寄る辺ない不安な気持ちを抱えた少年には、なにか縋《すが》るものを求める気持ちが人一倍強かった。

(このままでいて……!)

痛切にこみあげてくる、離さないで欲しいという願いを、しかし希は口にできない。

我が儘《まま》を言うには、あまりにもおとなしい少年の心は萎縮《いしゅく》しきっていて、拒絶《きょぜつ》を恐《おそ》れてしまうのがどうしても先に立った。

「……なまえ、おにいさん、は?」

「あ?……ああ」

代わりに口をついて出たのはそんなささやかなものだけで、教えてほしいとせがめばきっと、断られないだろうと思った。

「俺は……って、おい」

けれど、どうしても聞き出したいという願いとは裏腹に、緊張《きんちょう》と安堵《あんど》を繰《く》り返したあげくに大泣きした希の小さな身体は、安息を求めてとろとろとしはじめてしまう。

ツアー中のここ数日は、八歳の子供にはあまりに過酷《かこく》なスケジュールで、実際身体も疲《つか》れ切っていた。

「眠《ねむ》いのか、おまえ」

ぽんぽんと背中を叩《たた》かれながら目を閉じていれば、余計に睡魔《すいま》は襲《おそ》ってきて、呆《あき》れたようなおかしそうな声の男にしがみつきながら、希はぐらぐらする頭を堪《こら》え、もうひとつだけと願いを口にする。

「………のね、またね、あの………」

「ん？」

「また……いっしょに、あそんで……」

幼い子供なりの、それでも真摯《しんし》な願いをこめた言葉に、ふっと長い腕の抱擁《ほうよう》が甘くなる。

「わかった。………後でな」

そのままゆっくり抱えられて、ソファに横たえられた瞬間《しゅんかん》に意識がすうっと遠くなった。

受け入れてくれた言葉と、髪《かみ》を撫でるような手の感触《かんしょく》が、どうか夢ではないようにと願いながら、ひとときの安息を求めて希は眠りについたのだ。

＊　＊　＊

まるで忘れきっていた出来事に、希は背中が震《ふる》えるのが止まらない。

たった今、車の中を流れる音楽は、あの日高遠が奏《かな》でたそれだ。随分《ずいぶん》とシンプルな、テナーサックスのみのその曲が終わると、高遠はもう一度それを取り出し、ケースごと希に差し出してくる。

「……これ」

「今は、あの頃《ころ》より便利だな。パソコンがあればあっという間にCDができちまう」

くくっと喉奥《のどおく》で笑って、ようやく思い出したらしいな、と高遠は言った。

「懐《なつ》かしいったらないだろうよ、そりゃ……こっちは覚えてたからな」

高遠の言葉に、希は胸が詰《つ》まってなにも言えない。

あんなにも大事にしていた思い出だったのに、あっさりと忘れて、見当違《けんとうちが》いの嫉妬《しっと》を覚えて、いったいどんな顔をすればいいのだろう。

「驚《おどろ》いたぞこっちも。あの後アメリカ行って帰ってきたら、いきなりでかくなってるし、まるっきり覚えてないし」

「ごめ……なさ」

「ひとが留学する踏《ふ》ん切りつけさせたくせに、まったく」

さらりと言われ、それこそ驚いてしまえば、本当の話だと高遠は苦笑する。

「誘《さそ》いは前からあった。……けど迷ってた。いろいろ、あって……」

いろいろ、の部分を口にはしないまま、高遠はなおも言葉を続ける。

「音大まで行っといて、バカにしてたジャリタレのバックやるまで落ちぶれて、自分がなんだかわかんねえって、ずっと苛《いら》ついてた。………けどそのジャリタレに、あんなに喜ばれちゃなあ。おまえが一番最初なんだぞ、俺にCD出せって言ったのは」

「そ、ん……そう、なの？」

「だったら、自主製作なんてみみっちいことじゃなく、俺の名前で出るくらいにならなきゃしようがねえって思った。まあ……きっかけ、だな」

その間、叔父たちともあまり頻繁《ひんぱん》には連絡《れんらく》を取れなかったらしく、実際に高遠が希と再度まみえたのは、あの春先だ。

再会の日、あまりに印象の違う希に、高遠は驚いていたのだという。

「忘れてるのは仕方ないにしても………なんだか暗いわクソ生意気だわ意地は張るわ、そのくせちょっとつつけば全然変わってないまんまで」

「そ、そんな、そんなに言わなくても」

「言えって言ったのはおまえだろうが。………それでも、まあ。だから引っ掛《か》かってたな」

小さな肩《かた》を竦《すく》めながら、それでも健気に笑っていたはずの希が、なぜこんなにも頑《かたく》なになったのか。

なにがあったのかはおおまかに玲二に聞いて、それでも高遠は納得《なっとく》できなかった。

「その程度で、凹《へこ》むようなガキじゃなかったろ。ジジイにセクハラされても我慢《がまん》して、そのくせ見たこともない男信用するくらい素直《すなお》で――そういうのが、おまえだろ」

あの頃の自分を、希はずっと好きではなかった。ただ人形のように踊《おど》らされているばかりで、誰も自分を本当は見ていない気がして。お払《はら》い箱にされた時にも、だからやはりと諦《あきら》めていた、そんな気持ちも強かった。

それなのに、菜摘は自分が好きだったと言うし、高遠は素直な希を知っていると言う。

「ちゃんと、好かれてただろう。………愛されて、みんなに大事に、されてただろうが」

忘れてるだけだろうと、高遠が語るうちに、もう随分懐《ずいぶんなつ》かしい気のする彼の部屋まで、後少しの距離《きょり》となる。

「おまえが知らなくっても、俺は知ってる。今だってそうだろうが、雪下さんも東埜さんも、おまえのこと、ちゃんと見てるだろ」

だから卑屈《ひくつ》になる理由もないと言い切られてしまったならば、言葉など出るわけもない。

どうしよう。顔は赤いし心臓は痛いくらいに高鳴ってうるさい。恥《は》ずかしくてもう、顔も見られない。

「も、……いい、です」

「そんな相手に手ぇ出して、俺が平気だとでも思ってるか？　おまけに菜摘まであの始末だ、少しくらい……荒《あ》れるだろうが」

余裕《よゆう》なんかねえよと笑う表情は、言葉と裏腹のものではある。

高遠にしてみれば不安は同じで、希へ強引《ごういん》に手をつけたものの罪悪感がまるでないわけでもなく、同年代でしかも華《はな》やかな女の子である菜摘の積極性も知っていただけに、いささかどころでなくやきもきしていたらしい。

「いいってば、もう、そんっ、どうしていつもいっぺんに……っ」

そういう恥ずかしいことは小出しにしてくれと思う。そうすれば埒《らち》もなく不安になったりせずに済むのに、そう思って口を塞《ふさ》ごうと手を伸《の》ばせば、指を取られてきつく嚙《か》まれた。

「たかと………さん」

「……キスまでさせやがって」

「あれは、だって」

だってじゃない、と手の甲《こう》を嚙む高遠は、ちらりとこちらを流し見てくる。

「言っておくが、俺は怒《おこ》ってるから」

覚悟《かくご》しておけと告げられて、希になにが言えただろう。

言葉はもう、尽《つ》くした。聞きたいことも言いたいことも多分すべて口にして、すっきりと軽くなった身体《からだ》の中に足りないものは、相手の熱と、身体の重みだ。

そうして、眩暈《めまい》のするような官能を共有する時間には、言葉などあまり意味をなさないと、希はもう知っていた。

＊　＊　＊

ようやく辿《たど》り着いたマンションの駐車場《ちゆうしやじよう》に滑《すべ》り込んで、車を止めて、シートベルトを外すよりも先に、口づけられた。

エレベーターで上がる間も、忙《せわ》しなく唇《くちびる》を嚙まれたままで、玄関《げんかん》のドアから部屋に上がり込む頃にはもう、息が上がって苦しいほどだった。

「ん、ん、ん、……っ」

靴《くつ》さえも脱《ぬ》がせてもらえないまま、玄関脇《わき》の壁《かべ》に押しつけられ、何度も舌を舐《な》められる。激しくていやらしい口づけの音が響《ひび》いて、がくがくと崩《くず》れかけた膝《ひざ》が長い脚《あし》に割られ、ぴったりと腰《こし》を合わせればもう、身体中が震え上がった。

「ふあ……っあ、こん、こんな、とこ……っ、で」

「ん……？」

長くてしつこい口づけを解いて、濡《ぬ》れた唇から忙しなく吐息《といき》をすれば、逸《そ》らした首筋を舐め上げられる。かあっと足の先から熱くなって、触《ふ》れあった腰のあたりが痺《しび》れている。

「あう……っ」

菜摘の残したメイク汚《よご》れを不快そうに見下ろした高遠は、Tシャツの裾《すそ》から強引に手を潜《もぐ》り込ませ、薄《うす》い胸をきつくさすった。あっという間に尖《とが》った乳首《ちくび》は簡単に捕《と》らわれて、いきなり強く摘《つま》まれれば、悲鳴じみた声と共に淫蕩《いんとう》に腰が踊ってしまう。

「……っかとう、さん……っ」

少し声を張り上げればドアの向こうに通った誰《だれ》かが淫《みだ》らな嬌声《きょうせい》を聞いてしまうかもしれない。そんなとんでもない場所で、煽《あお》るように腰を擦《こす》りつけられて、だめだと言うより先に身悶《みもだ》えてしまう。

「やあ、んっ、あ、んっ」

「なんだよ、おまえ……もう、こんなか？」

ひどく敏感《びんかん》になっていることを、吐息だけの声で示唆《しさ》されて、希は頬《ほお》が痛いほどに赤らむのを知った。その直後、高ぶったそれ同士を擦り合わせるように腰を揺《ゆ》らされ、じわんと瞳《ひとみ》が潤《うる》んでいく。

「んん、だ、てえ……っ」

なんのわだかまりもないままに、求めている、ただそれだけの理由で高遠と抱《だ》き合うのは、考えてみれば一ヶ月ぶりなのだ。それだけでもくらくらしているのに、先ほど散々浴びせられた甘ったるい告白に、希はもう理性など残っていない。

「だ、て、これ……これ、当たって……っ」

こんなに、と淫蕩な気配に瞳を濡らしたまま、高遠の長い脚の間に触れた。きつく強《こわ》ばった感触《かんしょく》は相変わらず少し怖《こわ》くて、それでも一度触れてしまえば、手を離《はな》すことができない。

読みとりづらい表情や、彼の感情とは違って、身体の反応は雄弁《ゆうべん》だ。希を欲しがらなければ、こんな風に熱く逞《たくま》しく脈打つことはない。

「ん、ふ……っ」

きつく瞳を眇《すが》めた高遠が、嚙みつくように口づけてくる。深く潜り込んできた舌を吸いながら、手のひらに収まらないような張りつめたそこを、希はひどく淫らに撫《な》で続ける。

「……するか？」

「ん、ん、……っ」

上唇を噛んで引っ張るようにされ、少しの痛みに開いた唇の隙間《すきま》に、長く端整《たんせい》な指が入り込んでくる。卑猥《ひわい》に、なにかを思わせる動きでゆっくりとそれを出し入れされて、希の瞳はいよいよとろりと潤んだ。

今までに知らないほどに、淫猥《いんわい》な気分が身体中に満ちて、もう立っているのもつらかった。ずるずると崩れ落ちそうな身体を、腰を抱いて支えられ、向かう先はあの、ひろびろとしたベッドの上だ。主《あるじ》不在のまま長らく放《ほう》っておかれたそこは少し冷たくて、火照《ほて》った身体にはそれがいっそ心地《ここち》よかった。

「あう、んっ」

手足を絡《から》ませながら、何度も身体を入れ替《か》え、服を脱がせあいながら口づけた。相手の吐息まで奪《うば》い取るような激しさに、弥《いや》が上にも興奮は高まっていく。

「……足、こっちよこせ」

「ん………っ、んん」

下着ごとジーンズを引き下ろされて、もう戻《もど》れないほどの官能のうねりに飲まれた希は、獣《けもの》めいた駆《か》け上がる情動の激しさに、ほんの少し自分が怖くなる。

それでも、高遠の身体の上に乗り上がったままそっと促《うなが》すように頭を押されても、なにも抗《あらが》いはしない。互《たが》いの素肌《すはだ》をさらけ出したままでは、恥ずかしいような高ぶりもなにもかもを隠《かく》せないから、もうかまわないと思った。

「ふ、んむ……っ」

張りつめた、高遠の性器に触れる。指の先にも持て余すほど熱かったそれは、すべてを含《ふく》んでしまうにはあまりに苦しい。

唇を使う愛撫《あいぶ》も、はじめてではなかった。まだ身体を繋《つな》げる前からこの熱さを手のひらで宥《なだ》める方法は教えられていた。未熟だった希の身体が官能を知るほどに、次第《しだい》にエスカレートするセックスでは、ただ身を任せるだけでなく互いを高め合う行為《こうい》もむろん、含まれている。

「ん……っ」

けれど、自分からねだるようにしてこれを行うのははじめてだった。いつも、直視してしまっては怯《ひる》んでしまうから、目を閉じたままおずおずとぎこちなく舐め上げるのが精一杯《せいいっぱい》だったけれども、ちらりと上目に窺《うかが》った高遠はじっとこちらを見つめていて、それが羞恥《しゅうち》と、いささか歪《ゆが》んだような快感に火をつける。

(高遠さん……色っぽい……)

息を詰《つ》めてしばらくして、そっと苦しげに吐息する時の薄く開いた唇の形とか、希の髪《かみ》を撫でる指が強ばる瞬間《しゅんかん》、そしてごくたまに聞こえるかすれた色っぽい声に、触れられていないままの身体が疼《うず》いてしまう。

「あうっ……！」

うずうずと揺れた腰には当然気づかれて、するりと滑った長い腕《うで》はまず胸を撫で、そのまま軽く開いて掲《かか》げたままの腰に触れてくる。

「……なに、遊んでる？」

「あう、や……っ、言わな……っ」

シーツが濡れてる、と含み笑って囁《ささや》かれ、無意識に揺れる腰が、その張りつめた先端《せんたん》を布地に押し当て、擦るようにしていたことを指摘《してき》される。

「あっ、あ……っ、や、んん！」

そのささやかな刺激《しげき》だけでもたまらなかったのに、器用な長い指に握《にぎ》りしめられて、普段《ふだん》でもしないいような指の動きでもみくちゃにされた。

痛がゆいようなそこはもうとっくに濡れていて、高遠の指がぬらぬらと絡むほどに、水音がひどくなる。

「あっあっ、もう、やっ、出ちゃうっ出ちゃうっ」

「早ぇだろ、希」

「やー……っ、だって、も……っ」

もう片方の手は希の尖った乳首を押し揉《も》むようにこね回して、啜《すす》り泣くような声を引き出していく。はしたなく揺れる腰は次第にうねるようになり、身体の奥深くがひくひくと蠢《うごめ》くように竦《すく》んだ。

「あ、も……っ、たか、高遠、さっ」

震《ふる》え上がる尻《しり》の動きにもそれは表れていたのだろう。べっとりに濡れそぼった性器から手を離した高遠は、さらに奥へとその長い指を滑らせて、その手で開いた場所に忍《しの》んでくる。

「んんん！………あ……っ！」

「もう……入る」

「んっ、あ、や……っ」

慎《つつし》み深く閉じているはずのそこは、触れられる前から既《すで》に蕩《とろ》けていた。身体の興奮が、粘膜《ねんまく》のやわらかささえも変えることを知らされて驚《おどろ》きつつも、粘性《ねんせい》のローションを足されれば既になんの抵抗《ていこう》もなく、高遠の指を飲み込んでしまう。

「あは、ん、ア――……っ」

ひくひくと震える身体《からだ》をひっくり返され、さらに深くを探られる。逞しい肩《かた》に縋《すが》って、恥《は》ずかしいほどに脚《あし》を開いた格好のまま、希はただ甘い悲鳴を上げるしかできない。

高遠の指が滑《すべ》って、身体が中から開いて、何度も何度も出入りする硬《かた》い指の感触に、どろどろになって溶《と》けていく。いつもよりも乱暴に擦られて、そのくせに普段の何倍も感じた。自分がどうかしたのではないかと怖くなるほどに、脳まで到達《とうたつ》する刺激は強くて、下腹部の痙攣《けいれん》が止まらない。

「すごいことになってるな、希」

「ふっ、ふあ、……あ、も……っ、だ、めぇ……」

恥ずかしくて、たまらなくよくて、泣きよがりながら腰《こし》を振《ふ》った。足の指が攣《つ》りそうなほどに反り返り、ぴんと張りつめたシーツの上に、いやらしい染《し》みがついてしまう。

べったりと濡れて、高遠の指を挟《はさ》んだ肉のあわいがぬるついているのが少しだけ不快で、けれどそれ以上に噛《か》まれる胸の先や、ひくひくと震える性器の甘痒《あまがゆ》いような疼きに負けてしまう。

「たかと……さん、高遠、さ……っ」

唇《くちびる》を求めれば、まるで喉《のど》の奥までを舐《な》めるようにされて、息苦しいのに気持ちよかった。このまま、身体を裏返しにして中まで全部舐めて欲しいと、そんなばかなことを考えるほどに高遠の舌は心地よく、夢中になって吸い付いてしまう。

膝《ひざ》が持ち上げられ、しなやかな腰をそこに挟み込む格好にされた。

濡《ぬ》れそぼった瞳《ひとみ》で見上げた先には、余裕《よゆう》のない高遠の汗《あせ》ばんで険しい表情があって、それだけでぞくぞくと背中が震える。

「っは、……あっ」

押し当てられたそれに息を飲んで、泣き出しそうな顔を見せたままの希は高遠へ弱く告げた。

「あ……ま、待ってっ」

異様に感じるほどに高ぶっていて、それは高遠も同じようで、このせっぱ詰まった段階で拒《こば》んだところで、聞き入れられないのはわかっていた。

「――……待てるかよ」

「や、だめ、待ってっ、ま……！」

案の定の却下《きゃっか》に、泣き出しそうな声を上げたのも束《つか》の間、ぐいと押し込まれたものに眩暈《めまい》がする。粘質《ねんしつ》な感触の伴《ともな》う濡れた感触に、ぐらりと頭が揺《ゆ》れた。

「ああっ、ああっ……ああんんっ！」

熱くて、硬い逞しいものが下肢《かし》を割り開いて、潤《うる》みを帯びやわらいだ希の中に突《つ》き入れられた瞬間に迸《ほとばし》ったのは、喉奥からの甘く蕩けた悲鳴と、そして。

「……希？」

「はっ……あ、ああ、あっ……」

びくりびくり、と高遠を飲み込んだまま痙攣した下肢の奥から、甘痒い感覚が爪先《つまさき》まで広がる。覆《おお》い被《かぶ》さり、目を瞠《みは》った男の腹部には、たった今希がしぶいた体液が滴《したた》って、とろりとそこを汚《よご》していた。

「だかっ……だか、ら、待って……って」

言ったのに、としゃくり上げながら、急激に訪れた絶頂に自分自身ついていけないまま、希は両腕で顔を覆う。

恥ずかしい。ろくな愛撫もされないままにあんな場所を潤ませて、待ちきれなかったみたいに悦《よろこ》んで、こんなに――感じて。

いたたまれない、とできる限り身を縮めようにも、繋がれた身体ではそれもままならない。

そしてまた、達したばかりだというのにこみ上げてくる、このどうしようもない疼きは一体、どうしたことなのだろうと思った。

「ふ、う……っ」

希が達したその瞬間も、自分の身体のだらしなさに身悶《みもだ》えている間も、高遠は無言だった。

普段のように、揶揄《やゆ》するような声や視線をこちらに向けることもなく、だから余計に恥ずかしくてたまらなくて、なんでもいいからなにか言ってと、そんな気分にさえなってしまう。

「希……」

そしてようやく、彼の低い声で紡《つむ》がれたのは自分の名前だけで、それなのにぞくりとした。

なにかを堪《こら》えたあげくのような吐息《といき》がそこに混ぜ込まれ、顔を覆っていた両手を、強引《ごういん》な所作に取り払《はら》われる。

「希」

「や……っ」

顔を見ないで、ともがいても聞き入れられないまま、唇を塞《ふさ》がれた。

「ん、んぅ……！」

いきなりの激しいそれに震え上がりながら、希はまたあの惑乱《わくらん》に自分が放り込まれることを知った。下唇を噛まれて、舌を吸われているだけで、高遠を飲み込んだ場所は狂《くる》おしいような官能に蕩けていく。

「ふう、ん……んぅ、あ！　あう！」

必死になって高遠の施《ほどこ》す口づけに応《こた》えていれば、不意打ちのように腰を突き上げられた。

不規則なリズムで揺らいだそれに、思わず喘《あえ》いで唇を離《はな》してしまえば、二度三度と続いたそれはあまりに容赦《ようしゃ》がない。

「あっ、あっあっあっ！」

「……悪い」

余裕がない、とそんなことを苦しげな声で言わないでほしい。

奥深く包み込んだ高遠は、いつもならばこちらをどろどろに感じさせ振り回すために、からかうような抽挿《ちゅうそう》を送り込んでくる。

しかし今、荒《あら》い息をつく高遠は決して、そんな風に希へと愛撫《あいぶ》を与《あた》えているのではないことなど、言葉にされずとも知っていた。

「あう、たかと、さ……っ、高遠、さ、んっ」

息もつかせないような勢いで、高遠が激しく蠢いている。まるでこの身体をつかって、自身のそれを扱《しご》き上げるような動きは獣《けもの》じみて即物《そくぶつ》的で乱暴、そして――卑猥《ひわい》だ。

「……くそ……っ」

火のような息を吐《は》く、薄《うす》い唇から漏《も》れた苛《いら》ついたような声に、なぜか胸がときめいた。

(感じてる……？)

自分の身体で欲望をかき立て、快楽を貪《むさぼ》ろうとする高遠の姿は、どうしてか希をたまらないような気持ちにさせた。

「あ、ね、え……っ、ねえ……っ」

こちらの感覚などもう慮《おもんぱか》れない様子で、実際に肉のぶつかる音が響《ひび》くようなそれは痛みに似たものを感じさせる。それでもはじめて知る、年上でいつも余裕顔を見せる恋人《こいびと》の、溺《おぼ》れたようなそのさまは、希にとてつもない満足と、優越感《ゆうえつかん》に似たものを感じさせたのだ。

「きも……ち、いい……？　たかと、さん、も……っあ、い、い……？」

「……ああ」

切れ切れの問いに、いい、と耳元で返されて、また背中がざわめいた。その瞬間《しゅんかん》、綻《ほころ》んだその場所は高遠を甘やかすようにきゅんと窄《つぼ》まり、短く儚《はかな》いため息を高遠から引き出すのに成功する。

「希……希……」

「ああ、あ……っ」

目が回りそうな律動に、広い背中に腕《うで》を回してしがみつく。それ以上の力でまた抱《だ》きしめられながら、希は自分の身体を誇《ほこ》らしいとさえ思った。求められている事実が、体感で与えられるもの以上に希を感じさせ、くらくらとした陶酔感《とうすいかん》が四肢《しし》を満たしていく。

上気して汗ばんだ、精悍《せいかん》な頬《ほお》。きれいな首筋に流れる汗と、顰《しか》めた表情には強烈《きょうれつ》な艶《つや》が添《そ》えられて、次第《しだい》に希の漏らす声もまた、甘く高いものに変化しはじめる。

「はふ……っ」

高遠の短くなった髪《かみ》を指に絡《から》め、吸い合った唇からはまた痺《しび》れが走る。舌の先から媚薬《びやく》のようなものでも流れ込んでくるようだった。

「んあっん、……んっんっ……！」

もう少し、感じている高遠を見ていたかったのに。そう思いながらとろとろと快楽に溶けていく体を止められず、胸は高鳴り、腰つきは淫蕩《いんとう》なリズムでうねりはじめる。

「――……っあ、あん！　ふぁ、ん！」

ざりっと内部が擦れ合った。希が掲《かか》げた腰の角度と高遠の凶器《きょうき》のようなそれが穿《うが》つタイミングが重なり、それはぞっとするような感覚を注ぎ込んで、堪えていた唇からは嬌声《きょうせい》がこぼれ落ちる。

「よく……なってきたか？」

それがいつもの揶揄を含《ふく》んだものであれば、きっと違《ちが》うと言えたのに。

「ああ、ああ、……うんっ、あ……！」

勝手をする自分を許してくれと言うように、少しだけ安堵《あんど》したように、やさしい声が囁《ささや》いてくるからひとたまりもない。

「いい……っ、すご、く、いい……っ」

意地も張れない。実際もう、高遠をただ許していた時間とはまるで違っている身体《からだ》の反応は、繋《つな》ぎ合わせた粘膜《ねんまく》でも触《ふ》れあった肌《はだ》でも、相手に伝わってしまっているだろう。

「たかと、さん、いっあっ、すご……いっ、も、なんで……っ」

「おまえのせいだろ……」

「知らな……っ、もう、もう……っ、あああ！」

身悶えながら、呆《あき》れるほど淫《みだ》らに動く身体が止められなかった。広い背中に爪《つめ》を立てながら、啜《すす》り泣《な》いた希は震《ふる》える声で哀願《あいがん》する。

「いっちゃう……またいっちゃうっ……」

「……吸い取られそうだな」

少し悔《くや》しそうに唇《くちびる》を歪《ゆが》め、そのくせに笑み含んだ声で告げた高遠は、乱れて堕《お》ちる希に瞳を眇《すが》めた。そのきつい視線にさえ震え上がった身体は、すべてを飲み込みたいと収縮する。

「あ、も、なかっ、も……っと、濡《ぬ》ら、して……っ」

そうして淫らに哀願すれば、高遠は短い息をついた後、揺らぐように回していた腰《こし》をそのまま強く押し込んでくる。

「ひっ、あ、つよいっ、んっんっ！」

「……濡らして欲しいんだろ」

言われた通り、内部はもうどちらのものともつかない体液に濡れそぼち、恥《は》ずかしいような音を立てている。汗《あせ》に滑《すべ》る身体ももう境目をなくして、溶《と》けて混じり合うような錯覚《さっかく》に希はただ喘ぐほかにない。

忙《せわ》しない、獣めいた吐息に耳をくすぐられ、喉奥《のどおく》で呻《うめ》く高遠の声を知ってしまえば、もう。

「く……っ」

「あっ、いっ、いくっ、ああ、いく、ン――……っ!!」

一息に駆《か》け上がった愉悦《ゆえつ》に、希の高い悲鳴はかすれ、溢《あふ》れるほどのなにかが注がれた瞬間また、粘《ねば》った体液を吐き出していた。

「ふあ、……っ」

しゃくり上げながら、余韻《よいん》を長引かせるように身体を揺《ゆ》らしてくる高遠にしがみつき、どくどくと胸を押し上げる鼓動《こどう》の激しさに、いっそ苦しいと希は感じる。強すぎる快楽について行かない身体は、まるで感覚がばらばらで、悲しみにさえ似た切なさを覚えてしまう。

（なんで……？）

普段行為《ふだんこうい》の後に感じる充足感《じゅうそくかん》より、なにか焦《あせ》りに似た感覚が尾《び》てい骨から這《は》い上がって、二度も達したのに少しも落ち着けない。

「ん、ふ……っ」

身体を繋げたまま、横抱《よこだ》きにするように体勢を変えられ、組み合う形になって絡む脚《あし》の奥がまた、ざわざわと蠢《うごめ》く。攪拌《かくはん》するように腰を回されてしまえば、さらにそれはひどくなる。

「あ、……あっ、混ざっちゃう……っ」

普段とは違う、知らない場所が擦《こす》れた。びくりと跳《は》ねた腰が探すのは、もう一度そこをいじめてほしいからで、一体自分はどうしてしまったのかと思いながら甘えるように胸に擦りつけた鼻を啜っていれば、高遠の声が問いかけてくる。

「……もっとか？」

これも今までに知らないような、とろりとしたやさしい低い声に唆《そそのか》されて、かまうものかと希は身体を押しつけた。

「もっとぉ……っ、あ、う……んっ」

甘ったれた響きで呟《つぶや》いた次の瞬間には、両方の胸を摘《つま》まれる。意地悪に動かない高遠の代わりに、もうたがの外れた希の細い腰は激しく揺れて、ついには身体の上に乗《の》せられたまま、上下に尻《しり》を弾《はず》ませた。

「あっ、おっきいっ、あああ……っ、い、いっ……！」

もうなにを口走っているのかもわからないまま、ただ体感したことだけを拙《つたな》い響きに乗せて呟く。そうすれば高遠はもっと悪い手つきで希を溶かして、だめにしてくれる。だからもっと揺さぶって、もっと深く貫《つらぬ》いて溶かして、もっともっともっと。

「んん、もう、だめ、もう……っ、――――……い、ぁ……！」

くずおれて、伏《ふ》せた身体をまた後ろから繋がれて、性器を弄《もてあそ》ばれながら思い切りいやらしく突《つ》かれてしまえばただ、淫らに腰を踊《おど》らせるほかになにもできない。

官能の淵《ふち》に溺れた希の、声にならない悲鳴は、濡れた音と吐息《といき》に紛《まぎ》れて夜に流れる。

求めるだけ求め、身体の輪郭《りんかく》さえもなくしてしまったような惑乱《わくらん》は、受け止める腕があると信じられるからこそ耐《た》えられるのだ。

「高遠さ……っ、すき、あ、ほし……っ」

泣きじゃくりながら恋人の腕を探して、わななくそれに絡まされた指に縋《すが》った。助けを求めるような仕草に口の端《はし》だけで笑った男は、やるよ、と小さく答えてくれた。

希にだけ聞こえる響きは、彼の奏《かな》でる音楽にもにて低く甘く、すべてを包み込むように深い。その声だけでももう、充分《じゅうぶん》過ぎるほどの愛撫《あいぶ》になって、希は二度、大きく腰を揺らがせた。

「ん、――――……！」

三度押し上げられた高みから失墜《しっつい》する瞬間まで、もうあと、わずか。

早くと急《せ》かして、そのくせに終わりたくないという矛盾《むじゅん》した願いを抱《かか》えながら、希は甘い憂《ゆう》鬱《うつ》の中に沈《しず》み込んだ。

＊　＊　＊

柚の電撃《でんげき》引退から渡米《とべい》のニュースが流れる頃《ころ》には、新学期がはじまっていた。

案の定、鷹藤と叶野からは悲鳴のような電話がかかってきて、それでもすべてを終えきれないまま、課題の提出される授業の直前まで、彼らはノートと首っぴきだ。

「こっち、数学の方」

そこまで親切にするなと顔を顰めた内川を笑って宥《なだ》めつつ、希はノートを差し出した。

「うが……あとなに？　どれなの？」

「なんでバイトばっかしてたくせに全部終わってんだよ……っ」

頭を抱え込んだ叶野は八つ当たりのように希を睨《にら》みつけ、背後の内川に殴《なぐ》られる。

「遊びほうけてたくせに、どういう言いぐさだよおまえらは」

「いてえよ、うっちー！……あっ、痛い、ごめんなさい！」

抗議《こうぎ》した途端《とたん》、うっちーと呼ぶなとまた殴られて、叶野はめそめそと机になついた。

「だってさあっ！　雪下、Ｕｎｂａｌａｎｃｅのファイナル観《み》たってゆーんだもん！」

「もんじゃねえ、もんじゃ。真面目《まじめ》にやってた人間には娯楽《ごらく》があって当然だ」

ほら早くやれ、と眼鏡《めがね》を押し上げた彼に監視《かんし》を任せつつ、希は今朝方のワイドショーでちらりと見た、柚の記者会見の様子を思い出す。

『ただ、自分を試してみたいと思っています』

不仲説は本当なのか、事務所との契約《けいやく》問題かとさまざまな憶測《おくそく》と詮索《せんさく》が飛び交《か》う中、彼女が答えたのはただその一言で、挑《いど》むように光る瞳《ひとみ》と笑んだ口元が印象的だった。

「なあ、なあって……どういうツテだったんだよ？　俺、取れなかったのに！」

「もう、いいだろ？　悪かったってば、知らなかったんだもん、そんなにファンって」

終わったことなのに諦《あきら》めきれないと見えて、執拗《しつよう》に食い下がる叶野に希は苦笑する。

だったらせめて感想を聞かせろと言われ、なぜかうっすらと希は赤くなった。

「んー……すごかった、よ」

「そんだけえ？」

「いやだって、………よく、覚えてなくて」

もったいぶるなと恨《うら》みがましい叶野に困り果てていれば、折良くチャイムが鳴り響《ひび》く。予鈴《よれい》のそれに青ざめ、それどころではなかったとまたノートに齧《かじ》り付いた彼に、こっそりと希は安堵のため息をついた。

（……言えるわけない、よなあ……）

ライブ自体は迫力《はくりょく》があったかなと、なんとなく覚えてはいるけれど、失礼ながら彼女らの曲など実は希はひとつも知らない。ましてあの夜はその『後』の記憶《きおく》があまりに鮮明《せんめい》で、なんだかなにもかもが吹《ふ》っ飛んでしまったのだ。

菜摘の残した淡《あわ》いキスの名残《なごり》を消そうとするかのように、執拗だった口づけだとか、指の感《かん》触《しょく》や舌触《したざわ》りばかり、蘇《よみがえ》って、隠《かく》しようもなく頬《ほお》が火照《ほて》ってしまう。

（え、えっちだったなあ……高遠さん）

ああまで激しくされたのは、多分はじめてだったのではないかと思う。

赤面しつつ、希もひとのことをもう言えはしない。あまりに長いこと高遠に中にいられたせいで、抜《ぬ》かれた後に寂《さび》しいと泣いてしまった恥ずかしい自分を、しっかり覚えているためだ。

教室の中にはあまりに不似合いなその記憶を、数式の羅列《られつ》に集中することでどうにか誤魔化《ごまか》した。

視界の端《はし》に一瞬《いっしゅん》光がよぎって、その後ごうんという飛行機の音が聞こえる。多分これは横須《よこす》賀《か》あたりからのもので、関係ないとは思いつつも、これから海外に暮らす柚の前途《ぜんと》がどうか、明るいものであってくれればいいと願う。

（それにしても……）

先日聞いたばかりの意外な事実を思い出せば、希はまた小首を傾《かし》げてしまう。

「まあ、結構どうにかなるんじゃないのか。特にあいつは神経が太いし」

少しだけ心配になりながら、渡米経験者の高遠に柚は大丈夫《だいじょうぶ》だろうかと尋《たず》ねれば、相変わらずの素っ気ない返事があった。

ツアーも終わったことでようやく暇《ひま》もできたのか、久々に3・14に顔を出した高遠と、カウンター席で休憩《きゅうけい》の合間に話していた時のことだ。

「だって、事務所も辞めるって……ひとりで、でしょう？」

ぎりぎり成人したばかりの女性ひとりで、いくら気丈《きじょう》でも大丈夫だろうかと希が顔を曇《くも》らせれば、ジンを舐《な》めた高遠はむしろ驚《おどろ》いたように問いかけてきた。

「って、あいつエージェントちゃんとつけてるぞ、聞いてないか？」

「え、そうなの？」

単身乗り込みとばかり思い込んでいたので、拍子抜《ひょうしぬ》けしたように、希は目を丸くする。この前の晩、どこからか連絡先《れんらくさき》を聞きつけてきた柚が電話をくれたのだが、時間がないらしくそこまで詳《くわ》しくは話せなかったのだ。

実のところその柚を経由して、最近は菜摘からも電話が入るようになり、それで微妙《びみょう》にこのところ、高遠は不機嫌《ふきげん》だ。

「そりゃ、東埜さんがそういうとこ、抜かりがあるわけないだろう。向こうのレッスン先もちゃんと手配してあるし、住むとこも――」

「え？」

あっさり言われた言葉の中に、なにか聞き覚えのある名前が含《ふく》まれていて、希はさらに目を瞠《みは》った。それも知らなかったのか、と高遠はいっそ呆《あき》れたように吐息して、グラスの氷を揺《ゆ》らしながら続ける。

「柚の留学手配、取り付けたのは東埜さんだって……おまえそれも聞いてないのか」

「全然……」

古森の事件で知り合った義一のネットワークを見込んだ柚は、前々からの希望だった脱退《だったい》と留学を実現するため、頼《たの》み込んできたのだという。

「向こうの知り合いに頼むとか言ってたかな……知ってるか、S社って」

それはまあ、やたらに顔の広い義一だからとは思うものの、やはり当然のように続いた高遠の言葉に、眩暈《めまい》さえ覚えた。

「知ってるもなにも……それって……」

その知り合いというのは、全米チャートを賑《にぎ》わすミュージシャンを多く輩出《はいしゅつ》しているレコード会社で、一体あの店長はどういう人なのか、希はますますわからなくなった。

「……店長で、探偵《たんてい》みたいなこともやって、アメリカのレコード会社にも知り合いがいて…」

列挙してみてもわけがわからない、と目を回しながら高遠を見れば、「俺に訊《き》くな」と彼も顔を顰《しか》めてしまう。

「あのひとのことは実際、おまえの叔父《おじ》さんくらいしか、誰《だれ》もまともに知らねえよ」

「……玲ちゃんって……」

もっとわかんないと頭を抱えていれば、高遠の長い指がくしゃくしゃと髪《かみ》をかき回してくる。実際のところ、このきれいな指の持ち主にしても、まだまだ知らないことが多いのだけれども。

「どうした」

じいっと見上げた先、冷たそうに見える表情の奥で、瞳がひどく甘い色をしていることは、もう知っている。髪に触《ふ》れた指が、どんなに悪くて心地《ここち》いいのかも。

（だから、まあ、いいや……）

散々言葉が足りないとなじったせいか、近頃《ちかごろ》では結構会話も増えて、希は満足だ。

実際、話している内容よりも、声が聞けて嬉《うれ》しいと思っている比重が高いあたりは、我ながらどうかと思わなくはないけれど。

菜摘らの話をするだけで、不機嫌になってくれる程度には、独占欲《どくせんよく》も持たれているらしいし。

こんな風に合間を縫《ぬ》って、会いにも来てくれる。

「……おい。外でそういう顔すんな」

「え？……な、なんかヘン？」

ぬるい幸福感に浸《ひた》ったまま、見つめている視線が少し潤《うる》みを帯びたのだろう。軽く額を小突《こづ》いた高遠に窘《たしな》められ、なにか変な顔をしていたろうかと、無自覚の誘惑《ゆうわく》を発していた希は頬を擦《こす》る。

「変、っていうかな……」

「……え？」

途端に幼くなるそれに苦笑しつつ、ひっそりと声を落とした高遠が、この夜の先を相談しようとした瞬間、間を割って入る、細い腕《うで》があった。

「うわ！」

「――希は明日から新学期なんで、今日は早めに上がろうね」

「れ、玲、ちゃん……？」

そのまま後ろから、甥《おい》の身体《からだ》に抱《だ》きついてきた玲二は、にこやかに微笑《ほほえ》んだまま高遠を威嚇《いかく》する。高遠もまた、その端整《たんせい》な頬を引きつらせ、口の端《はし》だけを冷ややかにつり上げた。

「か、過保護やめたんじゃなかったの？」

「ん？　そんなこと言ってないけどね。希の勝手にしていいよって言ったの」

それって、と希が叔父の細い腕に手をかければ、「でもね」と玲二は微笑んだ。

「……………甘やかしたいのもやっぱりぼくの、勝手だよねえ？」

「結局それか………」

呻《うめ》くように言った高遠は、ぶすりと顔を顰めたまま一気にジンを飲み干した。

以前には今ひとつ理解できなかった叔父と高遠の険悪な様子に、多分自分は思うより、たくさんのひとに愛されていると言った恋人《こいびと》の言葉は正しかったと知るけれど。

（なんか、微妙にこう………）

承伏《しょうふく》しかねる気がした希は、どうもこれはアレに似ている、とひたすら困惑《こんわく》する。

「………大岡裁《おおおかさば》きは、手を離《はな》した方が本当のおかーさんなんだよねえ」

ぼそりと、内心を読んだように呟《つぶや》いて背後を通り過ぎていった義一に、希は不気味なものを眺《なが》める視線を送ってしまう。

「店長………？」

あなたは一体ナニモノなんですか、と涙目《なみだめ》になった希へ、彼は爽《さわ》やかに笑ってみせる。

「うつくしい光景だねっ」

そうして放たれた言葉は、クセの強い連中に愛されすぎて困惑する子供を、がくりと脱力《だつりょく》させたのだった。

あとがき

お久しぶりの方も初めましてのひともいらっしゃいましょうが、こんにちは、崎谷《さきや》です。できればお久しぶりと言って頂けると有《あ》り難《がた》い、そんな「ミルククラウン」シリーズ二冊目です。いや、生まれて初めてのシリーズであります。無事に出てよかった……本当によかった。と、しみじみしてしまうほどに今回「も」ハプニングまみれでありました（またかい）。前作の時も、パソに連続で茶を零《こぼ》したり母が海外で倒《たお》れたりしましたが、まずこの原稿《げんこう》に取りかかったあたりから、母が酷《ひど》い風邪《かぜ》を引いて倒れ、看病しているうちに見事に感《う》染《つ》って私も倒れ、治ったかと思いきや今度は左目におできができ、そっちが治ったら右目にでき、腹痛にはなるしわけのわからない疲労《ひろう》感は続くしで、結局足かけ二ヶ月は具合の悪いひととして生きていました。途中《とちゅう》、母子ふたりでうんうん唸《うな》って食料がつき、友人の葉澄《はずみ》しょこせんせが遠く東海地方から鎌倉《かまくら》まで救援《きゅうえん》物資を送ってくれるという有り難い出来事もあったりして、あの日のカ◯メトマトリゾットがこの文庫を救ってくれたというのもあながち過言ではないかもしれません…。

しかしながら今回なにより、このミルクラ（略称《りゃくしょう》）を書く上で大変だったのは……あれだ。親戚《しんせき》の伯母上《おばうえ》にうっかりと母が私のPNを漏《も》らし、このホモ小説をばっちりしっかり購入《こうにゅう》されたあげくに感想までを伝言されてしまったことでしょうか……。「結婚《けっこん》してるんだもの、別段驚《おどろ》かないわよ！」とおっさられた伯母様は、娘《むすめ》（いとこのえりちゃん…）にも文庫を買ってプレゼントされたそうで、あげく後日、遠く九州に住む父までもが「買ったよ」と言った日には、もう………（昏倒《こんとう》）親戚一同読んだのかい。あああぁ。いや、おのれの仕事に関しては結構嗜《し》好《こう》が偏《かたよ》る部分は承知しておりますが、別段恥《は》じてはおりません。中学からの友人にも周囲の幼なじみにも半ばカミングアウト状態です。しかし。………おのれがおむつをつけている頃《ころ》から知られている相手に読まれるというのはこう、なんというのかそのう（涙）恥ずかしいという状態を通り越《こ》して、なんだかワタクシ穴がなくても誰《だれ》か掘《ほ》って埋《う》めてくれという気分になり、「あっはっは、あっはっはっは!!」と遠い目で無駄《むだ》に明るく笑ってしまいました……。

今回もラブラブシーンを書こうと思うたびに「ああ……おばさまが……おとんが……」と正気に返る事態もしばしば。まあ嫁《よめ》にも行かずこんな小説書いていてあったかく見守られている事態は幸いなのでもありましょうが、やっぱり恥ずかしいものであります。

てなことを申しておりましたら紙面がもうなくなります……今回も結局極道《ごくどう》な進行で大変ご迷惑《めいわく》をおかけした、イラスト高久《たかく》先生、可愛《かわい》いふたりを有り難うございます。つ、次こそはご迷惑のないように致《いた》します（宣誓《せんせい》）。そしてご担当熊谷《くまがい》さまも、本当にすみませんでした…。

後は進行中、愚痴《ぐち》に相談長話で迷惑かけ通した友人一同、及《およ》び生活一般《いっぱん》の面倒《めんどう》を見させた母に感謝しつつ、今後もよろしくねと泣いておすがり致します。

でもってこのミルクラ、有り難いことにどうやら次もあるようです。ちょっと先になりますけれども、高遠と希をお忘れなく、今後もよろしくお願いしますです。

KADOKAWA RUBY BUNKO

ミルククラウンのゆううつ

崎谷《さきや》はるひ

角川ルビー文庫 R83-2　　12774

平成15年1月1日　初版発行

発行者――井上伸一郎
発行所――株式会社角川書店
東京都千代田区富士見2-13-3
電話/編集(03)3238-8697
営業(03)3238-8521
〒102-8177　振替00130-9-195208
印刷所――暁印刷　製本所――コオトブックライン
装幀者――鈴木洋介

ISBN4-04-446802-8　C0193　定価はカバーに明記してあります。

ルビー文庫

もう、やめてやれないから――あきらめな

秘かに憧れていた、サックスプレイヤー・高遠の淫らなキスシーンに遭遇してしまった希。ショックをうける彼を翻弄するように、高遠は希に口づけ、そして……。

崎谷はるひ

イラスト／高久尚子

ミルククラウンのためいき